长篇小说卷（1986）《收获》编辑部 主编

三寸金莲

冯骥才 著

图书在版编目(CIP)数据

三寸金莲/冯骥才著.—北京：人民文学出版社，2017

(《收获》60周年纪念文存：珍藏版)

ISBN 978-7-02-013019-1

Ⅰ.①三… Ⅱ.①冯… Ⅲ.①长篇小说-中国-当代 Ⅳ.①I247.5

中国版本图书馆CIP数据核字(2017)第161087号

总 策 划　黄育海　程永新
责任编辑　甘　慧　潘丽萍
装帧设计　汪佳诗

出版发行　人民文学出版社
社　　址　北京市朝内大街166号
邮政编码　100705
网　　址　http://www.RW-cn.com

印　　刷　上海利丰雅高印刷有限公司
经　　销　全国新华书店等

开　　本　720毫米×1000毫米　1/16
印　　张　9.75
字　　数　131千字
版　　次　2017年8月北京第1版
印　　次　2017年8月第1次印刷

书　　号　978-7-02-013019-1
定　　价　69.00元

如有印装质量问题，请与本社图书销售中心调换。电话:010-65233595

| 编者的话 |

　　巴金和靳以先生创办的《收获》杂志诞生于一九五七年七月,那是一个"事情正在起变化"的特殊时刻,一份大型文学期刊的出现,俨然于现世纷扰之中带来心灵诉求。创刊号首次发表鲁迅的《中国小说的历史的变迁》,好像不只是缅怀与纪念一位文化巨匠,亦将眼前局蹐的语境廓然引入历史行进的大视野。那一期刊发了老舍、冰心、艾芜、柯灵、严文井、康濯等人的作品,仅是老舍的剧本《茶馆》就足以显示办刊人超卓的眼光。随后几年间,《收获》向读者奉献了那个年代最重要的长篇小说和其他作品,如《大波》(李劼人)、《上海的早晨》(周而复)、《创业史》(柳青)、《山乡巨变》(周立波)、《蔡文姬》(郭沫若),等等。而今,这份刊物已走过六十个年头,回视开辟者之筚路蓝缕,不由让人感慨系之。

　　《收获》的六十年历程并非一帆风顺,最初十年间她曾两度停刊。先是称之为"三年自然灾害"的困难时期,于一九六〇年五月停刊。一九六四年一月复刊后,又于一九六六年五月被迫停刊,其时"文革"初兴,整个国家开始陷入内乱。直至粉碎"四人帮"以后,才于一九七九年一月再度复刊。艰难困顿,玉汝于成,一份文学期刊的命运,亦折射着国家与民族之逆境周折与奋起。

　　浴火重生的《收获》经历了拨乱反正和改革开放的洗礼,由此进入令人瞩目的黄金时期。以后的三十八年间可谓佳作迭出,硕果累累,呈现老中青几代作家交相辉映的繁盛局面。可惜早已谢世的靳以先生未能亲睹后来的辉煌。复刊后依然长期担任主编的巴金先生,以其光辉人格、非凡的睿智与气度,为这份刊物注入了兼容并包和自由闳放的探索精神。巴老对年轻作者尤寄予厚望,他用质朴的语言告诉大家,"《收获》是向青年作家开放的,已经发表过一些青年作家的作品,还要发表青年作家的处女作。"因而,一代又一代富于才华的年轻作者将《收获》视为自己的家园,或是从这里起步,或将自己最好的作品发表在这份刊物,如今其中许多作品业已成为新时期文学经典。

作为国内创办时间最久的大型文学期刊，《收获》杂志六十年间引领文坛风流，本身已成为中国当代文学的一个缩影，亦时时将大众阅读和文学研究的目光聚焦于此。现在出版这套纪念文存，既是回望《收获》杂志的六十年，更是为了回应各方人士的热忱关注。

这套纪念文存选收《收获》杂志历年发表的优秀作品，遴选范围自一九五七年创刊号至二〇一七年第二期。全书共列二十九卷（册），分别按不同体裁编纂，其中长篇小说十一卷、中篇小说九卷、短篇小说四卷、散文四卷、人生访谈一卷。除长篇各卷之外，其余均以刊出时间分卷或编排目次。由于剧本仅编入老舍《茶馆》一部，姑与同时期周而复的长篇小说《上海的早晨》合为一卷。

为尊重历史，尊重作品作为文学史和文学行为之存在，保存作品的原初文本，亦是本书编纂工作的一项意愿。所以，收入本书的作品均按《收获》发表时的原貌出版，除个别文字错讹之外，一概不作增删改易（包括某些词语用字的非标准书写形式亦一仍其旧，例如"拚命"的"拚"字和"惟有""惟恐"的"惟"字）。

特别需要说明的是，收入文存的篇目，仅占《收获》杂志历年刊载作品中很小的一部分。对于编纂工作来说，篇目遴选是一个不小的难题，由于作者众多（六十年来各个时期最具影响力的作家几乎都曾在这份刊物上亮相），而作品之高低优劣更是不易判定，取舍之间往往令人斟酌不定。编纂者只能定出一个粗略的原则：首先是考虑各个不同时期的代表性作品，其次尽可能顾及读者和研究者的阅读兴味，还有就是适当平衡不同年龄段的作家作品。

毫无疑问，《收获》六十年来刊出的作品绝大多数庶乎优秀之列，本丛书不可能以有限的篇幅涵纳所有的佳作，作为选本只能是尝鼎一脔，难免有遗珠之憾。另外，由于版权或其他一些原因，若干众所周知的名家名作未能编入这套文存，自是令人十分惋惜。

这套纪念文存收入一百八十余位作者不同体裁的作品，详情见于各卷目录。这里，出版方要衷心感谢这些作家、学者或是他们的版权持有人的慷慨授权。书中有少量短篇小说和散文作品暂未能联系到版权（毕竟六十年时间跨度实在不小，加之种种变故，给这方面的工作带来诸多不便），考虑到那些作品本身具有不可或缺的代表性，还是冒昧地收入书中。敬请作者或版权持有人见书后即与责任编辑联系，以便及时奉上样书与薄酬，并敬请见谅。

感谢关心和支持这套文存编纂与出版的各方人士。

最后要说一句：感谢读者。无论六十年的《收获》杂志，还是眼前这套文存，归根结底以读者为存在。

《收获》杂志编辑部
上海九久读书人文化实业有限公司
人民文学出版社
二〇一七年七月二十四日

| 目 录 |

书前闲话		1
第一回	小闺女戈香莲	8
第二回	怪事才开头	14
第三回	这才叫：怪事才开头	21
第四回	爷儿几个亮学问	27
第五回	赛脚会上败下来	36
第六回	仙人后边是神人	44
第七回	天津卫四绝	57
第八回	如诗如画如歌如梦如烟如酒	65
第九回	真是真人不露相	79

第十回	白金宝三战戈香莲	84
第十一回	假到真时真即假	93
第十二回	闭眼了	100
第十三回	乱打一锅粥	109
第十四回	缠放缠放缠放缠	123
第十五回	天足会会长牛俊英	136
第十六回	高士打道三十七号	143

书前闲话

人说,小脚里头,藏着一部中国历史,这话玄了!三寸大小脚丫子,比烟卷长点有限,成年论辈子,给裹脚布裹得不透气,除去那股子味儿,里头还能有嘛?

历史一段一段。一朝兴,一朝亡。亡中兴,兴中亡。兴兴亡亡,扰得小百姓不得安生,碍吃碍喝,碍穿碍住,可就碍不着小脚的事儿。打李后主到宣统爷,女人裹脚兴了一千年,中腰换了多少朝代,改了多少年号,小脚不一直裹?历史干它嘛了?上起太后妃子,下至渔女村姑,文的李清照,武的梁红玉,谁不裹?猴不裹,我信。

大清入关时,下一道令,旗人不准裹脚,还要汉人放足。那阵子大清正凶,可凶也凶不过小脚。再说凶不凶,不看一时。到头来,汉人照裹不误,旗人女子反倒瞒爹瞒妈,拿布悄悄打起"瓜条儿"来。这一说,小脚里别有魔法吧!

魔不魔,且不说。要论这东西的规矩、能耐、讲究、修行、花招、手段、绝招、隐秘,少说也得三两天。这也是整整一套学问。我可不想蒙哪位,这些东西,后边书里全有。您要是没研究过它,还千万别乱插嘴;您说小脚它裹得苦,它裹得也挺美呢!您骂小脚它丑,嘿,它还骂您丑哪!要不大清一亡,何止有哭有笑要死要活,缠了放放了缠,再缠再放再放再缠。那时候人,真拿脚丫子比脑袋当事儿。您还别以为,如今小脚绝了,万事大吉。不裹脚,还能裹手、裹眼、裹耳朵、裹脑袋、裹舌头,照样有哭有笑要死要活,缠缠放放放放缠缠,放放缠缠缠缠放放。这话要再说下去,可就扯远了。

这儿,只说一个小脚的故事。故事原带着四句话:

说假全是假,
说真全是真;
看到上劲时,
真假两不论。

您自管酽酽沏一壶茉莉花茶,就着紫心萝卜芝麻糖,边吃边喝,翻一篇看一篇,当玩意儿。要是忽一拍脑门子,自以为悟到嘛,别胡乱说,说不定您脑袋走火,想岔了。

今儿,天津卫犯邪。

赶上这日子,谁也拦不住,所有平时见不到也听不到的邪乎事,都挤着往外冒。天一大早,还没亮,无风无雨,好好东南城角呼啦就塌下去一大块,赛给火炮轰的。

邪乎事可就一件接一件来了。

先是河东地藏庵备济社的李大善人,脑袋一热,熬一百锅小米粥,非要周济天下残人不可。话出去音儿没消,几乎全城穷家穷户的瞎子、聋子、哑巴、瘸子、瘫子、傻子，连痢痢头、豁嘴、独眼龙、罗锅、疤眼、磕巴、歪脖、罗圈腿、六指儿、黑白麻子，全都来了。闹红眼发乍腮的，也挤在当中，花花杂杂将李家粥厂围得密密实实。好像水陆画的小鬼们全下来了。吓得那一带没人敢上街，孩子不哭，狗不叫，鸡不上墙，猫不上房。天津卫自来没这么邪乎过。

同天，北门里长芦盐运司袁老爷家，也出一档子邪乎事。大奶奶吃马牙枣，叫枣核卡住嗓眼儿，吞馍馍、咽水、干咳、喝醋、扯着一只耳朵单腿蹦，全没用，却给一个卖野药的，拿一条半尺长的细长虫，把枣核顶进肚子里。袁老爷赏银五十两，可不多时那长虫就在大奶奶肚子里耍把开了。疼得床上地下打滚翻个捶肚子脑袋直撞墙，再找卖野药的，影儿也不见。一个老妈子懂事多，忙张罗人拿轿子把大奶奶抬到西头五仙堂。五仙堂供五大仙，胡黄白柳灰。胡是狐狸，黄是黄鼠狼，白是刺猬，灰是老鼠，柳就是长虫。大奶奶撅屁股刚磕三个头，忽觉屁眼儿痒痒，哧哧响滑溜溜，那长虫爬出来了。这事邪不邪？据说因为大奶奶头天早上，在井边踩死一条小长虫，这卖野药的就是大仙，长虫精。

邪乎事绝不止这两件。有人在当天开张的宫北聚合成饭庄吃紫蟹，掀开热腾腾螃蟹盖，里边居然卧着一粒珍珠，锃光照眼滴溜圆。打古到今，珍珠都是长在蚌壳里，谁听说长在螃蟹盖里边的？这珍珠不知便宜哪家小子，饭庄却落个开市大吉。吃螃蟹的，比螃蟹还多。这事算邪却不算最邪。最邪乎的事还在后边——有人说，一条一丈二尺长（另一说三丈六尺长）"金眼银鱼王"，沿南运河南下，今儿晌午游过三岔河口，奔入白河归东海。中晌就有几千号人，站在河堤上等候鱼王。人多，分量重，河堤扛不住，轰隆一声塌了方，一百多人赛下饺子掉进河里。一个小孩给浪卷走，没等人下去救，脑袋顶就不见了，该当淹死。可在娘娘宫前，一个老船夫撒网逮鱼，一网上来，有红有白，以为大鲤鱼，谁知就那孩子，居然有气，三弄两弄，眨眨眼站起来活了。在场的人全看傻了，这事算邪到家了吧？

谁料时到中晌，这股邪劲非但不减，反倒愈来愈猛，一头撞进官府里。

东北城角和河北大街两伙混星子打群架，带手把锅店街四十八家买卖铺全砸了。惊动了兵备道裕观察长，派了捕快中的强手，把两边头目冯春华和丁乐然拿了，关进站笼，摆在衙门口，左右两边一边一个。立时来了四五百小混星子，人人手攥本《混星子悔过歌》。这正是头年十月二十五日，裕观察长来津上任时，发给城中每个混星子一本，叫他们人人背熟，弃恶从善。今儿，他们就冲衙门黑压压一片跪着，捧本齐声念道：

> 混星子，到官府，多蒙教训，
> 混星子，从今后，改过自新；
> 细量过，先前事，许多顽梗，
> 打伤人，生和死，全然不论。
> 纵然间，逃法网，一时侥幸，
> 终有日，被拿访，捉到公庭；
> 披枷锁，上镣铐，五刑受尽，
> 千般苦，万般罪，难熬难撑。
> ……

念到这儿，几百个小混星子，脸色全变，脑门上的青筋直蹦，眼里射凶光，后槽牙磨得咯咯响，好赛五百个老鼠一起嗑东西。裕观察长坐在后堂听这声音，心里发瘆，浑身起鸡皮疙瘩。他本是气盛胆壮的人，可也顶不住这阴森森声音，竟然抖抖打起冷战来，赛要发热病。三杯烈酒下去也压不住，只好叫人出去，开笼放人，混星子们一散，身上鸡皮疙瘩立时消下去。

再说，县衙门那边，邪得更邪。十七位本地有头有脸有名有姓的人物，平时也都是好事之徒，联名上呈子说，西市上拉洋片的胡作非为，洋片上面的净是光膀子、露脖子还露半截大腿的洋娘儿们。勾引一些浪荡小子，伸头瞪眼，恨不得一头扎进洋片匣子里去。呈子的措词有股逼人之气。说这是洋人有意糟蹋咱中国百姓。"污吾目，即污吾心；丧吾心，即丧吾国也。"还说："洋片之毒，甚于鸦片，非厉禁净除不可！"向例，武人闹事在外，文人闹事在内。故此，文人闹起事更凶。可这次是朝洋人去的。邪乎劲一直冲向洋人。天津卫有句俗话：谁和洋人顶上牛，自有好戏在后头。看吧，大祸临头了——

果然，当天有人打租界那儿来说，大事不妙不好，租界各街口都贴出《租界禁例》，八大条：

一、禁娼妓　二、禁乞丐　三、禁聚赌酗酒打架斗殴　四、禁路上倾积废物垃圾灰土污水　五、禁道旁便溺　六、禁捉拿树鸟　七、禁驴马车轿随处停放　八、禁纵骑在途飞跑狂奔疾驰横行追逐争赛

都说，这八大条，都是那呈子招惹的。你禁一，他禁八，看谁横。半天里，府县大人们碰头三次，想辙，躲避洋人的来势。估摸洋人要派使者找上门来耍横。大热天，县太爷穿上袍子补褂，备好点心茶水，还预备好一套好话软话脓话，直等到日头落下西城墙，也没见洋人来。县太爷心里的小鼓反而敲得更响。洋人不来，十成有更厉害的招儿。

这么一大堆邪乎事，扰得人心赛河心的船，晃晃悠悠，靠不着边。有些人好琢磨，琢磨来琢磨去，就琢磨到自己身上。呀，原来今儿自己大小多少也有些不对劲的事儿。比方，砸了碟子碗儿、丢东西丢钱、犯了小人、跑冤枉腿吃闭门羹、跑肚子、鼻子流血等等。心里暗怕，生怕自己也犯上邪。有人一翻皇历，才找到根儿。原来今儿立秋，在数的"四绝日"。皇历上那"忌"字下边明明白白写着"一切"两字。不兴做一切事。包括动土、出行、探病、安葬、婚娶、盖屋、移徙、入宅、作灶、行船、栽种、修坟、安床、剃头、交易、纳畜、祈福、开市、立券、装门、拔牙、买药、买茶、买醋、买笔、买柴、买蜡、买鞋、买鼻烟、

买樟脑、买马掌、买枸杞子、买手纸等等，全都不该做，只要这天做了事的，都后悔，都活该。

可又有人说，今儿的邪劲过大，非比一般，皇历上不会写着。这事原本有先兆——住在中营后身一位老寿星说，今儿清晨，鼓楼的钟多敲一下，一百零九下。本该一百零八下，所谓"紧十八，慢十八，不紧不慢还十八"。老寿星活了九十九，头遭碰上钟多敲一下。人们天天听钟响，天天一百零八下，谁会去数？老寿星的话就没人不信。这多出的一下，正是邪劲来到，先报的信儿。愚民愚，没用心罢了。这一来，今儿所有邪乎事都有了来头。来头的来头，没人再去追。世上的事，本来明白了七八成，就算到头了。太明白，更糊涂。

这些邪乎事、邪乎话，满城传来传去。人嘴歪的比正的多，愈说愈邪乎。可传到河北金家窑水洼一户姓戈的人家立时给挡住了。这家有位通晓世事的老婆子，听罢咧开满嘴黄牙，笑着说："嘛叫犯邪？今儿才是正经八百大吉祥日！您说说，这一档档事，哪一档称得上邪？穷鬼们吃上小米粥还不福气？袁大奶奶惹了大仙，没招灾，打嗓子眼儿进去，可又打屁眼儿出来了，这叫逢凶化吉！兵备道向例最凶，今儿居然开笼了事；饭庄子螃蟹盖里吃出大珍珠，您说是吉是邪？那该死在鱼肚子里的孩子，愣叫渔网打上来，河那么大，哪那么巧，娘娘显灵呵，不懂？要不为嘛偏偏在娘娘宫前边打上来的？这都是一千年也难碰上的吉祥事！吉利难得，逢凶化吉更难得。文人们上呈子闹事，碍您哪位吃饭了，可他们不闹闹，没事干，指嘛吃？洋人的告示哪是冲咱中国人来的？打立租界，咱中国人谁敢骑马在租界里乱跑？这是人家洋人给自己立规矩，咱何苦往身上揽，拿洋人当猫，自己当耗子，吓唬自己玩。我这话不在理？再说鼓楼敲钟，多一下总比少一下强，省得懒人睡不醒。东南城角塌那一块，给嘛冲的？邪气？不对，那是喜气！嘛叫'紫气东来'？你们说说呀！"

大伙一听，顿时心抻平了。嘛邪？不邪！大吉大利大喜大福！满城人立时把老婆子这些话传开了，前边都加上一句："那戈老婆子说——"

可谁也没见过这老婆子。

　　老婆子一天都在忙自己的事。她有个小孙女刚好到了裹脚年岁。头天她就蒸好两个红豆馅的黏面团子,一个祭灶,一个给小孙女吃了。据说,吃下黏面团,脚骨头变软,赛泥巴似的,要嘛样能裹成嘛样。

　　她要趁着这千载难逢的大吉利日子,成全小孙女一双小脚,也了却自己一桩大心事。却没料到,后边一大串真正千奇百怪邪乎事正是她今天招惹出来的。

大能人戈老婆子

第一回　小闺女戈香莲

眼瞅着奶奶里里外外忙乎起来，小闺女戈香莲心就发毛了。一大块蓝布，给奶奶剪成条儿，在盆里浆过，用棒槌捶得又平又光，一排晾在当院绳子上，拿风一吹，翻来翻去扑扑响，有时还拧成麻花，拧紧再往回转，一道道松开。这边刚松那边又拧上了。

随后奶奶打外边买来大包小包。撒开大包，把小包打开摊在炕上，这么多好吃的。苹果片、酸梨膏、麦芽糖、酥蹦豆，还有香莲最爱吃的棉花糖，真跟入冬时奶奶絮棉袄的新棉花一样白又软，一进嘴就烟赛的没了，只留下点甜味——大年三十好吃的虽多也没这么齐全过。

"奶奶干嘛这么疼我？"

奶奶不说，只笑。

她一瞧奶奶心就定了。有奶奶嘛也不怕，奶奶有的是绝法儿。房前屋后谁不管奶奶叫"大能人"。头年冬天扎耳朵眼儿时，她怕，扎过耳朵眼儿的姑娘说赛受刑，好好的肉穿个窟窿能透亮，能不受罪？可奶奶根本不当事儿。早早拿根针，穿了丝线，泡在香油碗里。等天下雪，抓把雪在香莲耳朵垂儿上使劲搓，搓得通红发木，一针过去毫不觉疼，退掉针，把丝线两头一结，一天拉几次，血凝不住。线上有油，滑溜溜只有点痒，过半个月，奶奶就把一对坠有蓝琉璃球的耳环子给她戴上了。脑袋一晃，又滑又凉的琉璃球直蹭脖梗，她问奶奶裹脚也这么美？奶奶怔了怔，告她："奶奶有法儿。"可她还有点嘀咕。不知人告她还是听来的，裹脚这关赛鬼门关。她信奶奶有法保她过这关。

头天后响，香莲在院里玩耍，忽见窗台上摆着些稀奇玩意儿，红的蓝的黑的，原来四五双小鞋。她没见过这么小的鞋，窄得赛瓜条，尖得赛五月节吃的粽子尖，奶奶的鞋可比这大。她对着底儿和自个的脚一比，只觉浑身一激灵，脚底下筋一抽缩成团儿。她拿鞋跑进屋问奶奶：

"这是谁的？奶奶。"

奶奶笑着说：

"是你的呀，傻孩子。瞧它俊不？"

香莲把小鞋一扔，扑在奶奶怀里哭着叫着：

"我不裹脚，不裹、不裹哪！"

奶奶拿笑端起的满脸肉，一下卸了，眼角嘴角一耷拉，大泪珠子噼里啪啦砸下来。可奶奶嘛话没说，直到天黑，香莲抽抽噎噎似睡非睡一整夜，影影绰绰觉得奶奶坐在身边一整夜。硬皮老手，不住揉擦自己的脚；还拿起脚，按在她那又软又皱又干的起了皮的老嘴上亲了又亲。

转天就是裹脚的日子了。

裹脚这天，奶奶换一张脸。脸皮绷得直哼喽，一眼不瞧香莲。香莲叫也不敢叫她，截门往当院一瞧，这阵势好吓人呀——大门关严，拿大门杠顶住。大黑狗也拴起来。不知哪来一对红冠子大白公鸡，指头粗的腿给麻经子捆着，歪在地上直扑腾，裹脚拿鸡干嘛？院子当中，摆了一大堆东西，炕桌、凳子、菜刀、剪子、矾罐、糖罐、水壶、棉花、烂布。浆好的裹脚条子卷成卷儿放在桌上。奶奶前襟别着几根钉被的大针，针眼穿着的白棉线坠在胸前。香莲虽小，也明白眼前一份罪等她受了。

奶奶按她在小凳上坐了，给她脱去鞋袜，香莲红肿着眼说：

"求求奶奶，明儿再裹吧，明儿准裹！"

奶奶好赛没听见，把那对大公鸡提过来，坐在香莲对面，把两鸡脖子一并，拿脚踩住，另只脚踩住鸡腿，手抓着鸡胸脯的毛几大把揪净，操起菜刀，噗噗给两只大鸡都开了膛。不等血冒出来，两手各抓香莲一只脚，塞进鸡肚子里。又热又烫又黏，没死的鸡在脚上乱动，吓得香莲腿一抽，奶奶疯一样叫："别动劲！"

她从没听过奶奶这种声音，呆了。只见奶奶两手使劲按住她脚，两脚死命踩住鸡。她哆嗦鸡哆嗦奶奶胳膊腿也哆嗦，全哆嗦一个儿。为了较上劲，奶奶屁股离开凳子翘起来。她又怕奶奶吃不住，一头撞在自己身上。

不会儿，奶奶松开劲，把她脚提出来，血乎流拉满是黏乎乎鲜红鸡血。两只大鸡给奶奶扔一边，一只蹬两下腿完了，一只还扑腾。奶奶拉过木盆，把她脚涮净擦干，放在自己膝盖上。这就要裹了。香莲已经不知该嚷该叫该求该闹，瞅着奶奶抓住她的脚，先右后左，让开大脚趾，拢着余下四个脚趾头，斜向脚掌下边用劲一掰，骨头嘎儿一响，惊得香莲"嗷"一叫，奶奶已抖开裹脚条子，把这四个脚指头掭住。香莲见自己的脚改了样子，还不觉疼就又哭起来。

奶奶手好快。怕香莲太闹，快缠快完。那脚布裹住四趾，一绕脚心，就上脚背，挂住后脚跟，马上在四趾上再裹一道。接着返上脚面，借劲往后加劲一扯，硬把四趾煞得往脚心下头卷。香莲只觉这疼那紧这蹙那折，奶奶不叫她把每种滋味都哑摸过来，干净麻利快，照样缠过两圈。随后将脚布往前一拉，把露在外边的大脚趾包严，跟手打前往后一层层，将卷在脚心下的四个脚指头死死缠紧，好比叫铁钳子死咬着，一分一毫半分半毫也动弹不了。

香莲连怕带疼，喊声大得赛猪号。邻居一帮野小子，挤在门外叫："瞧呀，香莲裹小脚啦！"门推得哐哐响，还打外边往里扔小土块。大黑狗连蹿带跳，朝大门吼也朝奶奶吼，拴狗的桩子硬给扯歪。地上鸡毛裹着尘土乱飞。香莲的指甲把奶奶胳膊掐出血来。可天塌下来，奶奶也不顾，两手不停，裹脚条子绕来绕去愈绕愈短，一绕到头，就取下前襟上的针线，密密缝上百十针，拿一双小红鞋套上。手一撩粘在脑门上的头发，脸上肉才松开，对香莲说：

"完事了，好不？"

香莲见自己一双脚，变成这丑八怪，哭得更伤心，却只有抽气吐气，声音早使尽。奶奶叫她起身试试步子。可两脚一沾地皮，疼得一屁股蹲儿坐下起不来。当晚两脚火烧火燎，恳求奶奶松松脚布，奶奶一听脸又板成板儿。夜里受不住时，就拿脚架在窗台上，让夜凉吹吹还好。

转天脚更疼。但不下地走，脚指头踩不断，小脚不能成形。奶奶干脆变成城隍庙里的恶鬼，满脸杀气，操起炕扫帚，打她抽她撵她下地，求饶耍赖撒泼，全不顶用。只好赛瘸鸡，在院里一蹦一跳硬走，摔倒也不容她趴着歇会儿。只觉脚指头嘎嘎断开，骨头碴子咯吱咯吱来回磨，先是扎心疼，后来不觉疼也不觉是自己的了，可还得走。

香莲打小死爹死妈，天底下疼她只有奶奶。奶奶一下变成这副凶相，自己真成没着没靠孤孤零零一只小鸟。一天夜里，她翻窗逃出来，一口气硬跑到碱河边，过不去也走不动，抱着小脚，拿牙撕开裹脚布，绕开看。月亮下，样子真吓人。她把脚插在烂泥里不敢再看，恨不得就这么死了。天蒙蒙亮，奶奶找到她，不骂不打，背她回去，脚布重又裹上。谁知这次换了更凶狠的裹法，把连着小脚指头的脚巴骨也折下去，四个蜷在脚心下边的脚指头更向里压，这下裹得更窄更尖也更疼。她只道奶奶恨她逃跑，狠心罚她，哪知这正是裹脚顶要紧的一节。脚指头折下去只算成一半，脚巴骨折下去才算裹成。可奶奶还不称意，天天拿擀面杖敲，疼得她叫声带着尖，钻墙出去。东边一家姓温的老婆子受不住，就来骂奶奶：

"你早干嘛去了！岁数小骨头软不裹，哪有七岁的闺女才裹脚的，叫孩子受这么大罪！你嘛不懂，偏这么干！"

"要不是我这孙女的脚天生小，天生软，天生有个好模样，要不是不能再等，到今儿我也下不去这手……"

"等，这就你等来的。等得肉硬骨头硬，拿擀面杖敲出样儿来？还不如拿刀削呢！别遭罪了，没法子了，该嘛样就嘛样吧！"

奶奶心里有谱，没言声。拾些碎碗片，敲碎，裹脚时给香莲垫在脚下边。一走，碎碗碴就把脚满硌破了。奶奶的扫帚疙瘩怎么轰，香莲也不动劲了。挨打也不如扎脚疼。破脚闷在裹脚条子里头，沤出脓来。每次换脚布，总得带着脓血腐肉生拉硬扯下来。其实这是北方乡间裹脚的老法子。只有肉烂骨损，才能随心所欲改模变样。

这时候，奶奶不再硬逼她下地。还召唤前后院大姑小姑们，陪她说话作伴。一日，街北的黄家三姑娘来了。这姑娘人高马大，脚板子差不多六寸长，都叫她"大脚姑"。她进门一瞅香莲的小脚就叫起来：

"哎——呀！打小也没见过这脚，又小，又尖，又瘦，透着灵气秀气，多爱人呀！要是七仙姑见了，保管也得服。你奶奶真能，要不怎么叫'大能人'呢！"

香莲嘴一撇，眼泪早流干，只露个哭相：

"还是你娘好，不给你往紧处裹，我宁愿大脚！"

"呀呀，死丫头！还不赶紧吐唾沫，把这些混话吐净了。你要喜欢大脚，咱俩换。叫你天天拖着我这双大脚丫子，人人看，人人笑，人人骂，嫁也嫁不出去，即便赶明儿嫁出去，也绝不是好人家，"大脚姑说，"你没听过支歌，我唱给你听——裹小脚，嫁秀才，白面馒头就肉菜，裹大脚，嫁瞎子，糟糠饽饽就辣子。听好了吗？"

"你没受过这罪，话好说。"

"受不就受一时，一咬牙就过去了。'受苦一时，好看一世'嘛！等小脚裹成，谁看谁夸，长大靠这双宝贝脚，好吃好穿一辈子享用不尽，多美，多福气！"

"可我疼呀。"

"你要这么没囊没气，我可不来看你了。要好要强，就别怕疼。怕疼就别要好。不能都占着。"

大脚姑没料到，拿这话一激，真在这小闺女心里激出股劲来。她不再叫疼，只问："打今儿，我还能跑吗？"

"傻丫头！咱闺女家裹脚，为的就是不叫你跑。你瞧谁家大闺女整天在大街上撒丫子乱跑？没裹脚的孩子不分男女，裹上脚才算女的。打今儿，你跟先前不一样，开始出息啦！"大脚姑小眼弯成月牙，眼里却满是羡慕。

就打这天，香莲变了，天天自个儿下床来，两手摸着扶着撑着炕沿、桌角、椅背、门框、缸边、墙壁、窗台、树干、扫帚杆，练走。把天大地大的疼忍在心里，嘴里决不出半点没出息没志气的声儿。再换裹脚条子，撕扯一块块带血挂脓的皮肉时，就仰头瞧天，拿右手掐左手，拿牙咬嘴唇，任奶奶摆布，眉头都不皱。奶奶瞧她这样怔了，惊讶不解，不明白孙女哪来的这股咬劲。但还是不给她好脸儿，直到脓血消了，结了痂又掉了痂。

这一日，奶奶打开院门，和她一人一个板凳坐在大门口。街上行人格外多，穿得花花绿绿，姑娘们都涂胭脂抹粉，呼噜呼噜往城那边走。原来今儿是重阳节，九九登高日子，赶到河对面，去登玉皇阁。香莲打裹脚后，头次到大门外边来。先前没留心过别人的脚。如今自己脚上有事，也就看别人脚了。忽然看出，人脸不一样，小脚也不一样。人脸有丑有俊有粗有细有黑有白有精明有憨厚有呆滞有聪慧，小脚有大有小有肥有瘦有正有歪有平有尖有傻笨有灵巧有死沉有轻飘。只见一个小闺女，年纪跟自己不相上下，一双红缎鞋赛过一对小菱角，活灵活现，鞋帮绣着金花，鞋尖顶着一对碧绿绒球，还拴一对小银铃铛，一走一跐，绒球甩来甩去，铃铛叮叮当当，拿自己的脚去比，哪能比哪！她忽起身回屋里拿出一卷裹脚条子，递给奶奶说："裹吧，再使劲也成，我就要那样的！"她指着走远的那小闺女说。

不看她神气，谁信这小闺女会对自己这么发狠。

奶奶的老眼花花冒出泪。两三个月来一脸凶劲立时没了。原先慈爱的样儿又回来了。满面皱纹扭来扭去，一下搂住香莲呜呜哭出声说：

"奶奶要是心软，长大你会恨奶奶呀！"

第二回　怪事才开头

世上有些相对的事儿，比方好和坏、成和败、真和假、荣和辱、恩和怨、曲和直、顺和逆、爱和仇，等等，看上去是死对头，所谓非好即坏非真即假非得即失非成即败，岂不知就在这好坏、曲直、恩怨、真假之间，还藏着许许多多曲折许许多多花样许许多多学问，要不何止那么多事缠成死硬死硬疙瘩，难解难分？何止那么多人受骗、中计、上套，完事又那么多人再受骗、中计、上套？

单说这真假二字，其中奥妙，请来圣人，嚼烂嘴巴，也未必能说破。有真必有假，有假必有真；真愈多，假愈少；假愈多，真愈少。就在这真真假假之中，打古到今，玩出过多少花儿？演过大大小小多少戏？戏接着戏，戏套着戏，没歇过场。以假充真，是人家的高招，以假乱真，是人家的能耐，以假当真，是您心里糊涂眼睛拙。您还别急别气，多少人一辈子拿假当真，到死没把真的认出来，假的不就是真的吗？在真假这两字上，老实人盯着两头，精明人在中间折腾，还有人指它吃饭。这宫北大街上"养古斋"古玩铺佟掌柜就是一位。这人能耐如何，暂且不论，他还是位怪人。嘛叫怪，做小说的不能说白了，只能把事儿说出来。叫您听其言观其行度其心，慢慢琢磨去。

一大早，佟忍安打家出来，进了铺子就把大小伙计全都打发出去，关上门，只留下少掌柜佟绍华和看库的小子活受。不等坐下歇歇就急着说：

"把那几幅画快挂出来！"

每逢铺子收进好货，请掌柜过眼，都这么办。古董的真假，是绝顶秘密，不能走半点风出去。佟绍华是自己儿子，自然不背着。对看库的活受，绝非信得过，而是这小子半痴半残。人近二十，模样只有十三四，身子没长成个儿，还歪胸脯斜肩膀，好比压瘪的纸盒子。说话赛嘴里含着热豆腐，不知大舌头还是舌头短半截。两只眼打小没睁开过，小眼珠含在眼缝里，好赛没眼珠。还有喘病，一年三百六十五天，一口气总憋在嗓子眼里吱吱叫；静坐着也下气不接上气，生下来就这德行。小名活受，大名也叫活受，爹娘没打算他活多久，起名字都嫌废事多余。佟忍安却看上他这副没眼没嘴没气没神的样子，雇他看库。拿死的当活的用，也拿活的当死的用。

活受开库把昨儿收进的一捆画抱来，拿杆子挑着一幅幅挂起来。佟忍安撩起眼皮在画上略略一扫，便说："绍华，你先说说这几幅的成色，我听着。"这才坐下来，喝茶。

佟绍华早憋劲要在他爹面前逞能，佟忍安嘴没闭上，他嘴就张开：

"依我瞧，大涤子这山水轴旧倒够旧，细一瞧，不对，款软了，我疑惑是糊弄人的玩意儿，对不？这《云罩挂月图》当然不假，可在金芥舟的画里顶头够上中流。这边焦秉贞的四幅仕女通景和郎世宁的《白猿摘桃》，倒是稀罕货。您瞧，一码皇绫裱。卖主说，这是当年打京城大宅门里弄出来的。这话不假，寻常人家决没这号东西……"

"卖主是不是问津园张霖家的后人？"

"爹怎么看出来的？上边又没落款！"佟绍华一惊。佟忍安两眼通神,每逢过画时,都叫他这样一惊又一惊。

佟忍安没接着往下说。手往那边一指东墙上一幅绢本的大中堂画说:"再说说那幅……"

以往过画,他一张口,爹就摇头。今儿爹没点头也没摇头,八成自己都蒙对了,得意起来,笑道:

"爹还要考我?谁瞧不出那是地道苏州片子,大行活。笔法倒是宋人笔法的,可惜熏老点儿,反透出假。这造假,比起牛凤章牛五爷还差着些火候。您瞧它成心不落款,怕露马脚,或许想布个迷魂阵——怎么?爹,您看见嘛了?"

佟绍华见他爹已经站起来,眼珠子盯着这中堂直冒光。佟绍华知道他爹一认出宝贝,眼珠就这么冒光,难道这是真货?

佟忍安叫道:"你过去看,下角枯树干上写着嘛?"他指画的手指直抖。

佟绍华上去一瞧,像踩着的鸭子,呀地一嗓子,跟着叫:"上边写着'臣范宽制',原来一张宋画!爹,您真神啦!买进来我整整瞧了三天,也没看出这上边有字呀!您、您……"他不明白,佟忍安为嘛离画一丈远,反而看见画上的字。

佟忍安远视眼,谁也不知,只他自己明白。他躲开这话说:

"闹嘛?叫唤嘛!我早告过你,宋人不兴在画上题字,落款不是写在石头上,就夹在树中间。这叫'藏款'。这些话我都说过,你不用心,反大惊小怪问我……"

"可咱得了张宝画呀,您知道咱统共才花几个钱——"

"嘛宝画,我还没细看,谁断定准是宋画了?"佟忍安截过话,脸一沉,扭头看一眼站在身后的活受说,"去把这中堂、大涤子那山水轴还有金芥舟的《云罩挂月图》,卷起来入库!"

"剩……夏……织鸡古……鹅?"活受觍着脸问。

"叽咕叽咕嘛,去!"佟忍安不耐烦地说。

活受绷起舌头,把这几个字儿的边边角角咬住又说一遍:"剩、下、这、几、幅、呢?"他指焦秉贞和郎世宁画的几幅。

"留在柜上标价卖!"佟忍安对佟绍华说,"洋人买,高高要价!"

"爹,这几幅难道不是……"

佟忍安满脸瞧不起的神气。忽然长长吐一口气,好一股寒气!禁不住自言自语地念了天津卫流传的四句话:"海水向东流,天津不住楼,富贵无三辈,清官不到头。"跟着还是自言自语说道:"成家的成家,败家的败家。花开自谢,水满自干,谁也跳不出这圈儿去。唉——唉——唉——"他沉了沉,想把心里的火气压住却压不住,刚要说话,眼角瞅见活受斜肩歪脑袋,好赛等着自己下边的话,便轰活受快把画抱回库里,活受前脚出去,后脚就冲到儿子面前发火:

"嘛,这个那个的!你把真假正看倒了个儿,还叫我当着下人寒碜你。再说,真假能当着外人说吗。我问你,咱指嘛吃饭?你说——"

"真假。"

"这话倒对。可真假在哪儿?"

"画上呀!"

"放屁!嘛画上?在你眼里!你看不出来,画上的真假管嘛用!好东西在你眼里废纸一张,废纸在你眼里成了宝贝!这郎世宁、焦秉贞,明摆着'后门道儿',偏当好货。反把宋人真迹当做'苏州片子'!这宋画一张就够你吃半辈子,你睁眼瞎!拿金元宝当狗屎往外扔!再说大涤子那轴,嘛,也假?你不知康熙二十九年到三十一年他客居天津,住在问津园张家?那画上明明写着康熙辛未,正是康熙三十年在张家时画的!凭着皮毛能耐,也稳能拿下来的东西,你都拿不住,还想在古玩行里混。我把铺子交给你还不如放火烧了呢!再有三年,还不把我这身老骨头贴进去!听着,打明儿,你卷被褥卷儿搬过来住,没我的话不准回家去,叫活受把库里的东西折腾出来,逐件看、看、看、看、看……"说到这儿,佟忍安上下嘴唇只在这"看"字上打转悠。好赛叫这字儿绊住了。

佟绍华见他爹眼对窗外直冒光,以为他爹又看出嘛稀世的宝贝来,就顺着佟忍安目光瞧去,透过花格窗棂,后院里几个人正干活。

这后院,外人不知,是"养古斋"造假古董的秘密作坊。

原来佟忍安这老小子与别人不同,他干古玩行,不卖真,只卖假。所有古玩行都是卖假也卖真,凡是逛古玩铺都是奔真的来的,还有能人专来买"漏儿"。佟忍安看到这层,铺子里绝不放真货,一码假的,好比诸葛亮摆空城计,愣一兵一卒不放。古玩行干的就是以假乱真,这一招真把古玩商的诀窍玩玄了玩绝了。只要掏钱准上当,半点便宜拿不到。他更有出奇能耐,便是造假。手底下有专人为他造假画,还在铺子后院,关上门造假古董。玉器、铜器、古钱、古扇、宣炉、牙器、砚台、瓷器、珐琅、毯子、碑帖、徽墨……他没不知不懂不能不会的。仿古不难,乱真死难。古董的形制、材料、花纹,一个朝代一个样,甚至一个朝代几百样,鱼龙变化无穷尽,差点道行,甭说摸门,围墙也摸不着。更难是那股子劲儿气儿味儿神儿。比方古玩行说的"传世古"和"出土古"。"传世古"是说一直打世上流传下来的东西,人手摸来摸去,长了就有股子光润含混的古味儿。"出土古"是说一直埋在土底下的东西,挖出来满带着土星子和锈花,另一股子苍劲味儿。再往细说,比方出土的玉器、发箍、笛头、扳指、镯子、佩环、烟嘴这些,在地下边一埋几百上千年,挨着随葬的铜器,日久天长铜锈浸进去生出绿斑,叫"铜浸";死人的血透进去生出红斑,叫"血浸"。造假怎么造出铜浸血浸来?再说东西放久,不碰也生裂纹,过些时候再生一层裂纹罩在上边,一层一层,自然而然,硬造就假。懂眼的就能挑出来。偏偏佟忍安全有办法。这办法,一靠阅历,二靠眼力,三靠能耐。这叫高手高眼高招,缺一不行。假货里也有下品中品上品绝品,绝顶假货,非得叫这里头的虫子盯上一百零八天不可,心里还不嘀咕,那才行。佟忍安干的就是这个。

他用的伙计,跟一般古玩行不同,不教本事,只叫跑腿干事。那些雇来造假古董的,对古玩更是一窍不通的穷人,跟腌鸭蛋、烧木炭差不多,叫怎么干就怎么干。满院堆着泥坯瓦罐柴火老根颜色药粉匣子筐箩黑煤黄泥红铁绿铜,外人打表面绝看不出名堂。

当下,吸住佟忍安眼神的地方,两个小女子在拉一张毯子。这正是按他的法儿造旧毯子。毯子是打张家口定制的，全是蓝花黑边，明式的。上边抹黄酱，搭在大麻绳上，两人来回来去拉，毛儿磨烂，拿铁刷子捣去散毛，再使布帚沾水刷光，就旧了。拉毯子不能快，必得慢慢磨，才有历时久远的味儿。佟忍安有意雇女人来拉，女人劲小，拉得自然慢。这两女子每人扯着毯子两个角，来回来去，拉得你上我下。

　　站在毯子这边的背着身儿，站在那边的遮着脸儿，只能看见两只小脚，穿着平素无花、简简单单的红布鞋。每往上一送毯子，脚尖一踮立起来，每往下一拉，脚跟一蹬缩回去，好赛一对小活鱼。

　　"绍华！"佟忍安叫道。

　　"在这儿，嘛事？"

　　"那闺女哪儿的？"

　　"哪个？背影儿那个？"

　　"不，穿红鞋那个。"

　　"不知道。韩小孩帮着雇的，我去问问。"

　　"不，不用，你把她领来，我有话问她。"

　　佟绍华跑去把这闺女领来。这闺女头次来到前边又头次见老爷，怕羞胆小，眼睛不知瞧哪儿，一慌，反而一眼瞧了老爷。却见老爷并没瞧她脸，而是死盯着自己一双小脚。眼神发黏，好赛粘在自己脚上，她愈发慌得不知把脚往哪儿摆。佟忍安抬起眼时，眼珠赛鎏了金，直冒贼光，跟见鬼差不多。吓得这小闺女心直扑腾。佟绍华在一边，心里已经大明大白，便对这闺女说：

　　"你往前走一步。"

　　这闺女不知嘛意思，一怕，反倒退后半步。两脚前后往回一缩，赛过一对受惊的精灵小红雀儿，哆哆嗦嗦往巢里缩去，只剩两个脚尖尖露在裤脚外边，好比两个小小鸟脑袋。佟忍安满面生光问这闺女：

　　"你多大年纪？"

　　"十七。"

　　"姓嘛叫嘛？"

"姓戈，贱名香莲。"

佟忍安先一怔，跟手叫起来：

"这好的名字！谁给你起的？"

戈香莲羞得开不了口。心里头好奇怪，这"香莲"名字有嘛好？可听老爷声音，看老爷神气，真叫她掉雾里了。

佟忍安立时叫佟绍华把工钱照三个月尽数给她，不叫她干活，打发她先回家。香莲慌了，好好干活，话也不说半句，怎么反给辞了？可看样子又不赛被辞，倒像要重用她。不知这老爷打算干嘛？到底好事坏事，当时只当是桩怪事。

要说怪事，在这儿不过才开头罢了。

第三回 这才叫：怪事才开头

小半月后，摘一天宜娶也宜嫁的大吉日，戈香莲要嫁到佟家当大儿媳妇，水洼那片人家，无人不知无人不晓无人肯信又无人不信。大花轿子已经摆在戈家门口了。

凭佟家在天津卫的名气，娶媳妇比买鱼还容易。虽说香莲皮白脸俊眉清目秀，腰身也俏，离天仙还差着一截。为嘛佟家非要这穷家小户闺女，还非要明媒正娶不可，花钱请了城里出名的媒婆子霍三奶奶登门游说。这种家的闺女还用得着游说？给个信儿还不上赶着把闺女送去？据说两家换帖子一看，生辰八字相克，佟家大少爷属鸡，戈香莲属猴，"白马犯青牛，鸡猴不到头"，这是顶顶犯忌的事。佟家居然也认可了。放"定"（定婚）那日，佟家照规矩派人送来八大金——耳环戒指镯子簪子脖链鸡心头针裤钩，外带五百斤大福喜的白皮点心。要说门当户对讲礼摆阔有头有脸的人家也不过如此。这为嘛？吃错药了？

人说，多半因为佟家大少爷是傻子，好人家闺女谁也不肯跟这半痴半呆的男人过一辈子。这等于花钱买媳妇。可再一想，也不对。

佟家没闺女，四个大儿子，俗话叫"四虎把门"，排绍字辈，名字末尾的字，一叫荣，一叫华，一叫富，一叫贵。正好"荣华富贵"。都说佟忍安老婆会生，刚把这"荣华富贵"凑齐，就入了阴间。可这四个儿子，一半是残。大儿子佟绍荣是傻子，小儿子佟绍贵自小有心病，娶过媳妇三年，就叫阎王派小鬼拉走了。可这四媳妇董秋蓉，正经是振华海盐店大掌柜董亭白的掌上明珠，明知佟家四少爷早早在阎王那里挂上号，不也把闺女送来了？冲嘛，冲佟家的家底儿。佟忍安买媳妇绝不买假，他买香莲买的嘛？

戈家老婆子笑不拢嘴，露着牙花子说，买就买她孙女一双小脚！

这话不能算错。香莲小脚人人夸人人爱。那年头娶媳妇先看脚后看脸，脸是天生的，脚是后裹的，能耐功夫全在脚上。可全城闺女哪个不裹脚，爹娘用心，自个经心，好看的小脚一个赛一个，为嘛一眼打上香莲？

对这些瞎叨咕戈婆子理也不理。虽说她自个对这门鸡上天的婚事也多半糊涂着。糊涂就糊涂吧！反正香莲嫁了，拾个大便宜，佟家根本不管陪嫁多少。只两包袱衣服，两床缎被，一双鸳鸯绣花枕头，一对金漆马桶，佟家来两个用人一抱全走了。

香莲临上轿，少不得和奶奶一通抱头海哭。奶奶老泪纵横对她说：

"奶奶身贱，不能随你过去，你就好好去吧！总算你进了天堂一般的人家，奶奶心里的石头放平了。你跟奶奶这么多年，知道你疼爱奶奶。只一件事——那次裹脚，你恨奶奶！你甭拦我说，这事在奶奶心里憋了十年，今儿非说不可——这是你娘死时嘱咐我的，裹不好脚，她的魂儿要来找我……"

香莲把手按在奶奶嘴上，眼泪簌簌掉：

"我懂，那时奶奶愈狠才愈疼我！没咋儿个，也没今儿个！"

奶奶这才笑了，抹着泪儿，打枕头底下掏出个红布包。打开，三双小鞋,双双做得精细,一双紫面白底绸鞋,一双五彩丝绣软底鞋,还一双好怪,没使针线,赛拿块杏黄布折出来的。不知奶奶打哪弄来干嘛用。奶奶皱嘴唇蹭着她的耳朵说:

"这三双喜鞋,是找前街黑子他妈给你赶出来的,房前屋后就她一个全合人。听奶奶告明白你这三双喜鞋的穿法——待会儿你先把这双紫面白底的鞋换上。紫和白,叫'百子',赶明儿抱一群胖小子。这双黄鞋要等临上轿子,套在紫鞋外边。这叫'黄道鞋',记着,套上它就'双脚不沾娘家地'了。得我把你抱上轿子。还有,到了婆家必定要在红毡子上走,不准沾泥沾土,就穿它拜堂,拜过堂,叫它'踩堂鞋'。等进洞房,把这鞋脱下来藏个秘密地界儿,别叫别人瞧见。俗话说,收一代,发一代,黑道日子黄道鞋。有它压在身边,嘛歪的邪的,都找不到你头上……"

香莲听这大套大套的话怪好玩。挂着泪儿的眼笑眯眯瞧着奶奶,顺手不经意拿起另一双软鞋,一掰鞋帮,想看鞋底。奶奶一手抢过来,神气变得古怪,说:"先别乱瞧!这是睡鞋……入洞房,脱下踩堂鞋,就换这双睡鞋。记着,临到上床时,这鞋可得新郎给你脱,羞嘛!谁结婚都得这样!拿耳朵听清楚,还有要紧的话呢——这鞋帮里边,有画,要你和新郎官一起看……"说到这儿,奶奶细了眼笑起来。

香莲没见过奶奶这样笑过,好奇怪!她说:"嘛画不兴先瞧瞧?"伸手去拿鞋。

奶奶"啪"打她手说:"没过门子哪兴看!先揣怀里。进洞房看去!"上手把鞋掖她腰间。

外边呜里哇呜里哇吹奏敲打起来。奶奶赶紧叫香莲换上紫鞋,外套黄鞋,嘴巴涂点胭脂,脑门再扑点粉,戴上凤冠,再把一块大红遮羞布搂头罩上。还拿了两朵绒花插在自己白花花双鬓上。一猫腰,兜腰抱起香莲走出院子大门。这事情本该新娘子的父亲兄长做的,香莲无父无兄,只好老奶奶承当。

香莲脸上盖着厚布,黑乎乎不透气,耳边一片吵耳朵的人声乐声放炮声。心里忽然难过起来，抓着奶奶瘦骨嶙嶙的肩膀，轻轻叫：

"香莲舍不得奶奶！"

奶奶年老，抱着大活人，劲儿强顶着，一听香莲的叫声，心里一酸，两腿软腰也挺不住劲儿，"扑通"一下趴下了，两人摔成一团。两边人忙上去把她俩抽起来。奶奶脑门撞上轿杆立时鼓起大包，膝盖沾两块黄土，不管自己，却发急地叫：

"我没事！千万别叫香莲的脚沾地！抱进轿子快抱进轿子！"

香莲摔得稀里糊涂，没等把遮羞布掀开瞧，人已在轿子里。乱哄哄颤悠颤悠走起来，她觉自个好赛给拔了根儿没挨没倚没依没靠，就哭起来，哭着哭着忽怕脸上脂粉给眼泪冲花了，忙向怀里摸帕子，竟摸出那双软底绣花睡鞋，想到奶奶刚刚的话，起了好奇，打开瞧，鞋帮黄绸里子上，竟用红线黑线绣着许多小人儿，赛是嬉戏打闹的小孩儿，再看竟是赤身光屁股抱在一堆儿的男男女女，男的黑线，女的红线，干的嘛虽然不甚明白，总见过鸡儿猫儿狗儿做的事。这就咯噔一下脸一烧心也起劲扑腾起来。猛地大叫：

"我回家呀！送我回家找奶奶！"

由不得她了。轿子给鼓乐声裹着照直往前走，停下来就觉两双手托她胳膊肘，两脚下了轿子便软软踩在毡子上。走起来，遮羞布摆来摆去，只见脚下忽闪忽闪一片红。一路上过一道门又一道门再一道门。每一抬脚迈门坎，都听见人叫：

"快瞧小脚呀！"

"我瞧见小脚啦！"

"多大？多小？"

"瞧不好呀！"

香莲记着奶奶的话，在阔人家走路，最多只露个脚尖。虽然她这阵子心慌意乱，却留心迈门坎时，缩脚，用脚尖顶着裙边，不露出来，急得周围人弯腰歪脖斜眼谁也瞧不清楚。

最后好似来到一大间房子里。香烟味、脂粉味、花味，混成一团。

忽然"刷"地眼前红绿黄紫锃光照眼一亮，面前站着个胖大男人，团花袍褂，帽翅歪着，手攥着她那块盖脸的红布，肥嘴巴一扭说：

"我要瞧你小脚！"

四边一片大笑。这多半就是她的新郎官。香莲定住神四下一瞧，满房男男女女个个披红挂绿戴金坠银，那份阔气甭提啦。几十根木桩子赛的大红蜡烛全点着，照得屋里赛大太阳地。香莲打小哪见过场面，整个懵了。多亏身边搀扶她的姑娘推一下那胖大男人说：

"大少爷，拜过天地才能看小脚。"

香莲见这姑娘苗条俊秀，赛画里的女子。新鲜的是，她脖子上挂个绣花荷包，插许多小针，打针眼甭拉下各色丝线。

大少爷说："好呀桃儿，叫你侍候我俩的，你帮她不帮我，我就先看你的小脚！"上去就抓这桃儿裤腿，吓得桃儿连蹦带叫，胸前丝线也直飞舞。

几个人上来又哄又拦大少爷。香莲才看见佟家老爷一身闪亮崭新袍褂，就坐在迎面大太师椅上。那几人按着大少爷跪下腿同香莲拜过天地，不等起身，只听一个女人脆声说：

"傻啦，大少爷，还不掀裙子瞧呀！"

香莲一怔当儿，大少爷一把撩起她裙子，一双小脚毫不遮掩露在外边。满堂人大眼对小眼，一齐瞅她小脚，有怔有傻有惊有呆，一点声儿没有。身边的桃儿也低头看直了眼。忽然打人群挤进个黄脸老婆子，一瞧她小脚，头往前探出半尺，眼珠子鼓得赛要蹿出来，跟手扭脸挤出人群。四周到处都响起咦呀唏嘘呜哇喊喳咕嘎哟啊之声。香莲好赛叫人看见裸光光的身子，满身发凉，跪那里动不了劲。

佟忍安说：

"绍荣，别胡闹！桃儿你怔着干嘛，还不扶大少奶奶入洞房？"

桃儿慌忙扶起香莲去洞房，大少爷跟在后边又扯又撩，闹着要小脚。一帮人也围起来胡折腾瞎闹欢，直到入夜人散。大少爷把桃儿轰走。香莲还没照奶奶嘱咐换睡鞋，大少爷早把她一个滚儿推在床上，硬扒去鞋，扯掉脚布，抓着她小脚大呼大叫大笑个不停。这男人有股蛮劲，香莲本是弱女子，哪敌得过。撑着打着躲着推着撕扯着，忽然心想自己给了人家，小脚也归了人家。爷们儿是傻子也是爷们儿，一时说不出是气是恼是恨是委屈，闭上眼，伸着两只光脚任这傻男人赛摆弄小猫小鸡一样摆弄。

一桩怪事出在过门子之后不几天。香莲天天早上对镜梳妆，都见面前窗纸上有三两小洞。看高矮，不是孩子们调皮捣蛋捅的；还不是拿手指抠的。洞边一圈毛茸茸，赛拿舌头舔的。今儿拿碎纸头糊上，赶明儿在旁边添上两个洞。谁呢？这日中晌大少爷去逛鸟市，香莲自个午觉睡得正香，模模糊糊觉得有人捏她脚。先以为是傻男人胡闹，忽觉不对。傻男人手底下没这么斯文。先是两手各使一指头，竖按着她小脚趾，还有一指头勾住后脚跟儿。其余手指就在脚掌心上轻轻揉擦，可不痒痒，反倒说不出的舒服。跟着换了手法，大拇指横搭脚面，另几个手指绕下去，紧压住折在脚心上的四个小指头。一松一紧捏弄起来。松起来似有柔情蜜意，紧起来好赛心都在使劲。一下下，似乎有章有法。香莲知道不在梦里，却不知哪个贼胆子敢大白天闯进屋拿这怪诞手法玩弄她脚，又羞又怕又好奇又快活。她轻轻睁眼，吓了一大跳！竟是公公佟忍安！只见这老小子半闭眼，一脸醉态，发酒疯吗？还要做嘛坏事情？她不敢喊，心下一紧，两只小脚不禁哧溜缩到被里。佟忍安一惊，可马上恢复常态，并没醉意。她赶紧闭眼装睡，再睁开眼时，屋里空空，佟忍安早不在屋里。

门没关，却见远远廊子上站个人，全身黑，不是佟忍安，是过门子那天钻进人群看她小脚的黄脸老婆子。正拿一双眼狠狠瞪她，好赛一直瞪进她心窝。为嘛瞪自己？

再瞧，老婆子一晃就不见。

她全糊涂了。

第四回　爷儿几个亮学问

八月十五这天，戈香莲才算头次见世面。世上不止一个面。要是没嫁到佟家，万万不知还有这一面。

却说晚晌佟忍安请人来赏月，早早男女用人就在当院洒了清水，拿竹帚扫净。通向二道院中厅的花玻璃隔扇全都打开。镶螺钿的大椅桌椅条椅花架，给绸子揿得贼亮，花花草草也摆上来。香莲到佟家一个多月，天下怪事几乎全碰上，就差遇见鬼。单是佟家养的花鸟虫鱼，先前甭说见，听都没听说过。单说吊兰，垂下一棵，打这棵里又蹿出一棵，跟手再从蹿出的这棵当中再蹿出一棵来。据说一棵是一辈，非得一棵接一棵一气儿垂下五棵，父辈子辈孙辈重孙辈重重孙子辈，五世同堂，才算养到家。菊花养得更绝，有种"黄金印"，金光照眼，花头居然正方形，真赛一方黄金印章，奇不奇怪？当院摆的金鱼缸足有一人多高，看鱼非登到珊瑚石堆的假山上不可。里边鱼全是"泡眼"，尺把长，泡儿赛鸡蛋，逛逛悠悠，可是泡儿太大，浮力抻得脑袋顶着水面，身子直立,赛活又赛死,看着难受。这样奇大的鱼,说出去没人肯信……

晌午饭后,忽然丫头来传话说,老爷叫全家女人,无论主婢,都要收拾好头脚,守在屋里等候,不准出屋,不准相互串门,不准探头探脑,香莲心猜嘛样客人,要惊动全家梳洗打扮,在屋恭候。还立出这么莫名其妙的规矩。

这样,家里就换一个阵势。

这家人全住三道院。佟忍安占着正房三间,门虽开着,不见人影。东西厢房各三间。香莲住东房里外两间,另外一间空着,三少爷佟绍富带着媳妇尔雅娟在扬州做生意,这间房留给他们回来时临时住住,平时空关着。对面西厢房,一样的里外两间归二少爷佟绍华和媳妇白金宝闺女月兰月桂住,余富的单间,住着守寡的四媳董秋蓉,身边只有个两岁小闺女,叫美子。

香莲把窗子悄悄推开条缝儿,只见白金宝和董秋蓉房间都紧紧关闭。平时在廊子上走来走去的丫头们一个也不见了,连院当中飞来飞去的蜻蜓蝴蝶虫子也不见了,看来今晚之举非比寻常。她忽想到,平时只跟她客客气气笑着脸儿却很少搭话的二媳妇白金宝,早上两次问她,今儿梳嘛头穿嘛鞋,好赛摸她嘛底。摸她嘛底呢?细细寻思,一团浆糊的脑袋就透进一丝光来。

打过门子来,别的全都不清楚,单明白了,自己真的靠一双小脚走进佟家。这家子人,有个怪毛病,每人两眼都离不开别人的脚。瞧来瞧去,眼神只在别人脚上才撂得住。她不傻,打白金宝、董秋蓉眼里看出一股子凶猛的嫉恨。这嫉恨要放在后槽牙上,准磨出刃来。香莲自小心强好盛,心里暗暗使了劲,今晚偏要当众拿小脚震震她们。趁这阵子傻爷们去鸟市玩,赶紧梳洗打扮收拾头脚。把头发篦过盘个连环髻,前边拿齐刷刷的刘海半盖着鼓脑门,直把镜子里的脸调理俊了。随后放开脚布,照奶奶的法儿重新裹得周正熨帖。再打开从家带来的包袱,拣出一双顶艳的软底小鞋。鲜鲜大红绸面,翠绿亮缎沿口,鞋面粘着印花布片儿,上边印着蝴蝶牡丹——鞋帮上是五彩牡丹,前脸趴着一只十色蝴蝶,翅膀铺开，两条大须子打尖儿向两边弯。她穿好试走几步，一步一走，蝴蝶翅膀就一扇一扇，好赛活的。惹得她好喜欢，自己也疼爱起自己的小脚来。她还把裤腰往上提提，好叫蝴蝶露给人看。

正美着，门一开，桃儿探进半个身子说："大少奶奶好好收拾收拾脚，今晚赛脚！"香莲没听懂，才要问，桃儿忙摇摇手不叫她出声，胸前牵拉的五彩丝线一飘就溜走了。

赛脚是嘛？香莲没见过更没听说过。

门里门外，羊角灯一挂起来。客人们陆陆续续前前后后高高矮矮胖胖瘦瘦各带各的神气到了。两位苏州来的古玩商刚落坐，佟绍华陪着造假画的牛五爷牛凤章来到。说是牛五爷弄来几件好东西，带手拿给佟忍安，问问铺子收不收。牛凤章常去四处搜罗些小古玩器，自己分不出真假，反正都是便宜弄来的，转手卖给佟忍安。佟忍安差不多每次都收下。牛五爷卖出的价比买进的多，以为赚了。但佟忍安也是得的比花的多，这里的多多少少却一个明白一个糊涂了。这次又掏出两小锦盒。一盒装着几枚蚁鼻币，一盒装着个小欢喜佛。佟忍安看也没看，顺手推一边，两眼直瞅着白金宝的房门，脸上皱纹渐渐抻平。佟绍华住在柜上，只要逮机会回来一趟，急急渴渴回房插门和媳妇热热乎乎闹一闹。牛凤章天性不灵，看不出佟忍安不高兴，还一个劲儿把小锦盒往佟忍安眼睛底下摆。佟忍安好恼，一时恨不得把锦盒扒落地上去。

门口一阵说说笑笑，又进来三位。一个眉清目朗，洒脱得很，走起路袖口、袍襟、带子随身也随风飘。另一个赛得了瘟病，脸没血色，尖下巴撅撅着，眼珠子谁也不瞧，也不知瞧哪儿。这两位都是本地出名的大才子。一个弄诗，一个弄画。前头这弄诗的是乔六桥，人称乔六爷，作诗像吐唾沫一样容易；这弄画的便是大名压倒天津城的华琳，家族中大排行老七，人就称他华七爷。六爷和七爷中间夹着一个瘦高老头。多半因为这二位名气太大，瘦老头高出一星半点不会被人瞧得见，就一下子高出半头来。这人麻酱色绣金线团花袍子，青缎马褂，红玛瑙带铜托的扣子一溜竖在当胸。眼睛黑是黑白是白，好比后生，人上岁数眼珠又都带浊气，他没有，眼光前头反有个挑三拣四的利钩儿。乔六桥后面的脚还没跨进屋，就对迎上来的佟忍安说：

"佟大爷，这位就是山西名士吕显卿。自号'爱莲居士'。听说今儿您这里赛脚，非来不可。昨儿他跟我谈了一夜小脚，把我都说晕了，兴致也大增，今儿也要尽尽兴呢！"

佟忍安听了，目光打二媳妇白金宝的房门立即移到这瘦高老头脸上。行礼客套刚落座，吕显卿便说：

"我们大同，每逢四月初八，必办赛脚大会，倾城出动，极是壮美。没想到京畿之间，也有赛脚雅事。不能不来饱饱眼福呢，佟大爷别见怪吧！"

"哪的话，人生遇知己，难得的幸会。早就听说居士一肚子莲学。我家赛脚，都是家中女眷，自个对自个比比高低，兼带着相互切磋莲事莲技。请来的人都是正经八百的'莲癖'，这就指望居士和诸位多多指点。方才听您提到贵乡赛脚会，我仰慕已久不得一见，可就是大同晾脚会？"

"正是。赛脚会，也叫晾脚会。"

佟忍安眉梢快活一抖，问道：

"嘛场面，说说看。"

他急渴渴，以致忘记叫人送茶。吕显卿也不在意，好赛一上手，就对上茬儿。兴冲冲说：

"鄙乡大同，古称云中。有句老话说'浑河毓秀，代产娇娃'。我们那儿女子，不但皮白肤嫩，尤重纤足。每逢四月八日那天，满城女子都翘着小脚，坐在自家门前，供游人赏玩。往往穷家女子小脚被众人看中，身价就一下提上去百倍……"

"满城女人？好气派好大场面呀！"佟忍安说。

"确是，确是。少说也有十万八万双小脚，各式各样自不必说。顶奇、顶妙、顶美、顶丑、顶怪的，都能见到。那才叫'天下之大，无奇不有'呢……"

"世上有此盛事！可惜我这几个儿子都不成气候。我这把年纪，天天还给铺子拴着。晾脚会这样事不能亲眼看一看，这辈子算白活了！"佟忍安感慨一阵子，又蛮有兴趣问道，"听说，大同晾脚时，家家门口摆块石头，如被人看中，就把脚放在石头上，看客可以上去随意捏弄把玩？"

乔六桥接过话说：

"佟大爷向来博知广闻，这下栽了。这话昨夜我也问过居士，人家居士说，晾脚会规矩可大——只许看，不许摸。摸了就拿布袋子罩住脑袋大伙打。打死白打！"

众人哈哈笑起来。乔六桥是风流人，信口就说，全没顾到佟忍安的面子。吕显卿露出得意来。佟忍安嘛眼？只装不知，却马上换了口气，不赛求教，倒赛考问：

"居士，您刚刚说那顶美的嘛样，倒说说看。"

"七字法呀，灵、瘦、弯、小、软、正、香。"吕显卿张嘴就说。好赛说，你连这个也不知道。

"只这些？"

这瘦老头挺灵，听出佟忍安变了态度，便说："还不够？够上一字就不易！尖非锥，瘦不贫，弯似月，小且灵，软如烟，正则稳，香即醉，哪个容易？"他面带笑对着佟忍安，吐字赛炒蹦豆，叫满屋听了都一怔。

佟忍安当然明白对方在抖落学问，跟自己较劲，便面不挂色，说了句要紧的话：

"得形易，得神难。"

吕显卿巴巴眨两下眼皮，没听懂佟忍安的话，以为他学问有限，招架不住，弄点玄的。他真恨不得再掏出点玩意，压死这天津爷们儿，便抡起舌头说：

"听说您家大少奶奶一双小脚，盖世绝伦，是不是名唤香莲？大名还是乳名？妙极！妙极！古来称小脚为金莲。以'香'字换'金'字，听起来更入耳入心。'金莲'一说由来，不知您考过没有？都说南唐后主有宫嫔窅娘，人俊，善舞，后主命制金台，取莲花状，四周挂满珠宝，命窅娘使帛裹足，在金莲台上跳舞。自始，宫内外妇女都拿帛裹足，为美为贵为娇为雅，渐渐成风，也就把裹足小脚称作'金莲'。可还有一说，齐东昏侯，命宫人使金箔剪成莲花贴在地上，令潘妃在上边走，一步一姿，千娇百媚，所谓'步步生莲花'。妇女也就称小脚为'金莲'了。您信哪种说法？我信前种，都说窅娘用帛缠足，可没人说潘妃缠足。不缠足算不得小脚！"

吕显卿这一大套，把屋里说得没声儿，好赛没人了。这些人只好喜小脚，没料到给小脚的学问踩在下边。佟忍安一边听，一边提着自个专用的逗彩小茶壶，嘴对嘴吮茶，咂咂直响。人都以为他也赞赏吕显卿，谁料他等这位爱莲居士一住嘴，就说：

"说到历史，都是过去的事，谁也没见过，谁找着根据谁有理。通常说小脚打窅娘才有，谁敢断言唐代女子绝对不裹脚缠足？伊世珍《嫏嬛记》上说，杨贵妃在马嵬坡被唐明皇赐死时，有个叫玉飞的女子，拾得她一双雀头鞋，薄檀木底，长短只有三寸五。这可不是孤证。徐用理的《杨妃妙舞图咏》也有几句：'曲按霓裳醉舞盘，满身香汗怯衣单，凌波步小弓三寸，倾国貌娇花一团。'三寸之足，不会是大脚。可见窅娘之前，贵妃先裹了脚。要说唐人先裹脚，杜牧还有两句诗：'钿尺裁量减四分，纤纤玉笋裹轻云。'一尺减去四分，还剩多少？"

"佟大爷，别忘了，那是唐尺，跟今儿用的尺子不一般大小！"吕显卿边听边等漏儿，抓住漏儿就大叫。

"别忙，这我考过。唐人哪能不用唐尺？唐尺一尺，折合今儿苏尺八寸，苏尺又比营造尺大一寸。诗上说一尺减四，便是唐尺六寸，折合苏尺是四寸八，折合今儿营造尺是四寸三。不裹脚能四寸三吗？您说说。"

吕显卿一时候接不上话茬。眼睛嘴全张着。

乔六桥拍手叫起来：

"好呀，看来能人在咱天津卫，别总把眼珠子往外瞧了！"

众人都将吃惊的眼神，打山西人身上挪到佟忍安这边来。可人家吕显卿也是修行不浅的能人。能人全好胜，哪能三下两下就尿，稍稍一缓，话到嘴边，下巴一扬就说：

"佟大爷的话，听来有理。可使两句诗做根据，还嫌单薄。《唐语林》上说，唐时一般士人妻，服丈夫衫，穿丈夫靴，可见并不缠足。"

"说得是。可我并没说唐朝女子都缠足，而是说有缠足。有没有是一码事，都不都是另一码事。居士所考，是缠足发端哪朝哪代，不是哪朝哪代蔚成风气的，对不？咱议的嘛，先要定准，免得你说东我说西，走了题，不明不白。再说，从唐诗中求根据，决非这三两句，白乐天有句'小头鞋履窄衣裳'，焦仲卿也有句'足蹑红丝履，纤纤作细头'。说的都是唐朝女子穿鞋好小头。按唐时礼节，走路不直疾促，行步快，即失礼。用布缠裹约束，自然迟缓。这是情理之中的事。至于缠成嘛样？嘛法？多大？另当别论。"

"今儿倒长了见识，天津卫佟大爷把缠足史的上限定到了唐。"吕显卿话里带讥讽，仍遮不住一时困窘。明摆着没话相争，学问不顶呛了。

佟忍安笑笑，好赛话才开头，接着说：

"要说上限，我看唐也嫌晚。《周礼》有屦人，掌管皇上和皇妃鞋子，所谓赤舄、黑舄、赤繶、黄繶、青勾、素履、葛屦，都是各式各样鞋子。看重鞋，必看重脚。汉朝女子鞋头喜尖，打武梁祠壁画上看，老莱之母，曾子之妻，鞋头都尖。《史记·货殖传》上说：'今赵女郑姬设形容，揳鸣琴，揄长袂，蹑利屣。'所谓利屣，也是尖头鞋子。《汉书·地理志》上有句话挺要紧，'赵女弹弦跕躃'，师古注，躃字与屣同，是种无跟小鞋，跕是轻轻站着。由此看，汉朝女子以尖鞋、细步、轻站为美。自然要在脚上下功夫，那就非小不可。史激《急就章》有句'鞠鞜印角褐袜巾'，下边的注不知您留意没有。注中说，鞠谓韦履，头深而兑，平底，俗名跕子；鞜薄革小履也，巾者，裹足也。这话说得还要多明？您要听，我还有好多例子，就怕占大伙不少时候，犯不上。单把这些书上零零碎碎记载，细心推敲推敲，缠足始于唐，恐怕也不能说死吧！都说历史是死的，我看是活的，谁把它说死，谁都等着别人来翻个儿！"

吕显卿好赛给对方扔到水里，又按到水下边。不傻也呆，轮到了由人摆布的份儿。乔六桥比刚才叫得更欢：

"完了完了！今儿我才明白，没学问，玩小脚，纯粹傻玩！"

牛凤章脖子一缩说：

"说得我也想裹小脚了！"

这话惹得众人笑声要掀去屋顶。牛凤章人不怪心眼怪。他总是自觉身贱，时不时糟蹋自己一句，免得别人再来糟蹋。

今儿不比寻常。佟忍安正来劲，满肚子学问要往外倒，逮住牛凤章这句话，笑道：

"牛五爷可别这么说。明朝还真有男人裹足，伪装女子，混在女人堆儿里找便宜，事败后坐几年大狱，放出来人人骂他，藏不成，躲不了，人人能认出他来。"

"为嘛哪？"牛凤章瞪着小眼问。

"脚裹小了，还能大回来？"佟忍安说。

众人又是大笑。牛凤章双脚紧跺，叫着："我可不裹！我可不裹！"卖傻样儿逗大伙乐。

华琳摇着白手细指说："不不，牛五爷裹脚准叫人认不出来。"他说完这上半句，等别人追问为嘛才说下半句："牛五爷造假画，赛真的；裹小脚，更赛真的！"说话时，眼珠子不看牛凤章，也不看佟忍安，好赛看屋顶。

这话够挖苦，可别人说还行。牛凤章和华琳同行，都画画，同行犯顶不吃这话。他小眼一翻，立时把话撞回去：

"我的假画，骗得了您华七爷，可逃不过佟大爷的眼。对不，对不？嗯？嘻！"

牛凤章这句话既买好佟忍安，又恶心了华琳，说得自己都得意起来。华琳清高，但清高的人拉不下脸儿来，反倒吃亏没辙，脸气白了。

乔六桥说：

"牛五爷，你还是闭嘴拿耳朵听吧！没见佟大爷和这位居士正亮着学问。今儿吴道子、李公麟来了，也叫他滚。爷几个都是冲小脚来的！"

牛凤章立时捂嘴，发出牛叫般粗声儿：

"请佟大爷给诸位长学问！"

佟忍安压倒吕显卿，占了上风，心里快活。可他不带出半点得意，也就不显浅薄，反倒更显得高深。他心想，自己还要退一步，有道是，主不欺客，得意饶人，才算大度。便看也没看牛凤章，撂下茶壶和颜悦色说道：

"这些话算嘛学问，都是闲聊闲扯罢了。世上事，大多都是说不清道不明，公说公有理，婆说婆有理，其实都有理。人说，凡事只有一个理，我说，事事都有两个理。每人抱着自己的理，天下太平；大伙去争一个理，天下不宁。古人爱找真，追究鸡生蛋，还是蛋生鸡，管它谁生谁！有鸡吃，有蛋吃，你吃鸡我吃蛋，你吃蛋我吃鸡，或是你吃鸡也吃蛋，我吃蛋也吃鸡，不都吃饱又吃好了？何苦去争先鸡后蛋先蛋后鸡？居士！眼下咱把这些废话全撂下，别耽误正事。马上赛脚给您看，听听您眼看着小脚，发一番实论，那才真长见识呢，好不好……"

"好好好！"吕显卿刚刚心里还拧着，这一下就平了。他给佟忍安挤到井边，进不是退也不是。谁料这老小子一番话又给他铺好台阶，叫他舒舒坦坦下来。心想，天津地起是码头，码头上的人是厉害；骑驴看景走着瞧，抓着机会再斗一盘！

第五回　赛脚会上败下来

众人听说赛脚开始，都欢呼起来。有的往前挪椅子，有的揉眼皮，有的站起身，精神全一震。方才谁也没留意，这会儿忽见大门外廊子上站一个黄脸婆子。人虽老，神气决不凡，脑袋梳着苏头橛子，油光光翘起来的小纂上，罩黑丝网套，插两朵白茉莉，一朵半开的粉红月季。身上虽是短打扮，一码黑，大褂子上的宽花边可够艳，胸前掖一块一尘不染的雪白帕子，两只小脚包得赛一对紧绷绷乌黑小粽子。鞋上任嘛装饰也没有，反倒入眼。

吕显卿低声问乔六桥：

"这是谁？"

乔六桥说：

"原来是佟大爷老婆的随身丫头。佟大奶奶死后，一直住在佟家。原叫潘嫂，现叫潘妈。您看那双小黑脚够嘛成色？"

"少见地好！凭我眼力，恐怕脚上的功夫更好。你们这位佟大爷花哨吗？"

乔六桥斜眼瞅一下佟忍安，离得太近，便压低声儿说："跟您差不离儿。"又说："潘妈这脸儿可够瘆人的，谁也不会找她闹。"

"六爷这话差了！脚好不看脸，顾脚不顾头。谁还能上下全照应着。"

两人说得都笑出声来。

佟忍安这儿对潘妈发了话：

"预备好就来吧！"

大伙只等着佟家女眷们一个个上来亮小脚。谁知佟忍安别有一番布置，只听大门两边隔扇哗啦哗啦打开了。现出佟家人深居的三道院。院中花木假山石头栏杆秋千井台瓷凳都给中秋明月照得一清二楚，地面亮得赛水银镜子。可这伙人没一个抬头望月，都满处寻小脚看。只见连着东西南北房长长一条回廊上，挂一串角子灯。每盏灯下一个房门，全闭着。潘妈背过身子，哑嗓门叫一声："开赛了！"又是哗啦哗啦，各个厢房门一下全都打开，门首挂着各色绣花门帘，门帘上贴着大红方块纸，墨笔写着：壹号、贰号、叁号、肆号、伍号、陆号。总共六个门儿。大伙几乎同时瞧见，每个门帘下边都留了一截子一尺长短的空儿，伸出来一双双小脚，这些脚各有各的道饰，红紫黄蓝、描金镶银、挖花绣叶、挂珠顶翠，都赛稀世奇宝，即使天仙下凡，看这场面，照样犯傻。刚刚站在廊子上的潘妈忽然不见，好赛土行孙打地下钻走。

人之中，只有吕显卿看出潘妈人老身子重，行路如同水上飘，脚上能耐世上绝少。他把这看法放在心里没说。

佟忍安对吕显卿说：

"居士，我家几次赛脚，都是亡妻生前主办。这法儿是她琢磨出的。为的是，请来评脚的客人有生有熟，熟人碍情面，不好持平而论。生人更难开口说这高那低，再有我的儿媳妇都怕羞，只好拿门帘挡脸，可别见怪。"

"这好这好！鄙乡大同是民间赛脚，看客全是远处各处特意赶去的，谁也不认得谁。您这儿全是内眷，这样做再好不过。否则我们真难品头论足了。"

佟忍安点点头，又对大伙说：

"前日，乔六爷出个主意说，每个门帘上都写个号码，各位看过脚，品出高低，记住号码，回到厅里。厅里放张纸，写好各位姓名，后边再写上甲乙丙。各位就按心里高低，在甲乙丙后边填上号码。以得甲字最多为首。依次排出三名来。各位听得明白？这样赛成不成？"

"再明白不过！再妙不过！又简单又新鲜又好玩，乔六爷真是才子。出主意也带着才气！来吧，快！"吕显卿已经上劲，精神百倍，急得直叫。

众人也都叫好，闹着快开始。这一行人就给佟忍安带领绕廊子由东向西，在一个个门前停住观摩品味琢磨议论，少不得大惊小怪喧哗惊叫一通。

戈香莲坐在门口。只见一些高矮胖瘦人影，给灯照在门帘上。她有认得也有不认得，乱七八糟分不出哪是哪位，却见他们围在她脚前呼好叫绝议论开：

"这双脚，如有'七十字法'，字字也够得上。我猜这就是佟家大儿媳妇，对不？"

"居士，您刚才说，'七字法'中有个'香'字，现在又说'七十字法'，肯定也跑不掉'香'字，我问您这'香'字打哪得来的？"

"乔六爷，咱文人好莲，不能伤雅，大户人家，哪有不香的道理。唯香一字，只能神领。"

"佟大爷，方才说赛脚会上许看不许摸，闻一闻总可以吧！呵？哈哈哈哈！"

香莲见门帘一个人影矮下来。心一紧，才要抽进脚来，又见旁边一个矬胖胖影子伸手拉住这人，嘻嘻哈哈说：

"乔六爷，提到'香'字，我们苏州太守也是莲癖，他背得一首山歌给我，我背给您听，'佳人房中缠金莲，才郎移步喜连连，娘子呵，你的金莲怎的小，好比冬天断笋尖，又好比五月端阳三角粽，又是香来又是甜。又好比六月之中香佛手，还带玲珑还带尖，佳人听罢红了脸，贪花爱色能个贱，今夜与你两头睡，小金莲就在你嘴旁边，问你怎么香来怎么甜，还要请你尝尝断笋尖！'"

这人苏州音，念起来似唱非唱。完事，有人笑有人拍手有人说不雅有人拿它跟乔六桥开心。却给香莲解了围。

忽然一个声音好熟，叫道：

"各位再往下看，好的还在后边呢！"

一群人应声散去，在西边一个个门前看脚谈脚，却没有刚刚在自己门前热闹。后来却在一处赛油锅泼水喧闹开了。有人说：

"简直闹不清，哪个是您大媳妇了！"

又是那好熟的声音：

"哪脚好，就哪个，这脚好，就这个！"

香莲忽觉得这是二少爷佟绍华的嗓门。模糊有点不妙，蛮有把握的事竟捏起汗来。耳听这伙人，说说笑笑回到前厅，打打闹闹去填号码。好一会儿，佟绍华在厅上唱起票来：

"乔六爷——甲一乙二丙六，吕老爷——甲一乙二丙四，华七爷——甲二乙一丙四，牛五爷——甲一乙二丙三，苏州白掌柜甲二乙一丙四，苏州邱掌柜甲一乙二丙五……把票归起来，壹号得甲最多，为首；贰号次之，第二；四号第三。"

戈香莲好欢喜，一时门帘都显亮了。又听佟绍华叫道："潘妈，拉下门帘，请各位少奶奶、姑娘，见见诸位客人！"跟着香莲眼前更一亮，几十盏灯照进眼睛。却见前厅辉煌灯火里满是客人，周围各房门口都坐一个花样儿的女人。

佟绍华赛刚给抽了三鞭子，十分精神。本来大油脸鼓眼珠，今儿分外冒光，双手举着一张写满人名号码的洒金朱砂纸，站在前厅外高声儿叫：

"壹号，白金宝，我媳妇！你来谢谢诸位老爷！贰号，戈香莲，我嫂子；肆号，董秋蓉，是我弟妹。余下三个都是我家丫环，桃儿、杏儿、珠儿。各位也请出来吧！"

戈香莲傻了！她是大少奶奶，该壹号，怎么贰号？是弄错还是佟绍华成心捣鬼？回头一瞧，门帘上贴的居然就是贰号。可是凭自己的脚，写上嘛号码也该选第一呀！她不信会败给白金宝，但拿眼一瞧就奇了，白金宝好赛换一双小脚，玲珑娇小，隐隐一双淡绿小鞋，分明两片苹果叶子，鞋头顶着珠子，刷刷闪光，又赛叶子上颤悠悠的露水珠儿。这会儿她正打屋里出来，迈步也完全不同往常，绣花罗裙，就赛打地面上飘过，脚尖在裙子下边，忽然露出忽然不见，逗人眼馋。香莲起身走出屋时，本打算拿鞋上的那对蝴蝶压压白金宝，一提裙腰，蝴蝶出来了，可两只脚乍乍虎虎支支楞楞，有露没藏赛叉鱼的叉子，劈着两个大尖。那白金宝走到众人前，道万福行礼，右脚没露，只把左脚成心往外一闪。这一闪叫人看个满眼，再多看一眼又不成。香莲也给这一下闪呆了。原本白金宝的脚比自己大，怎么显得比自己还小？一刀切去一块不成！鞋子更是出奇讲究，连鞋底墙子、底牙、裤腿套上全是精致到家的绣花。香莲打小也没见过这么贵重花哨的鞋子。自己这印花蝴蝶不过奶奶打香粉店花二十个铜子儿买的，一比，透穷气了。

这种场面上，一透穷气，就泄了气！她打脚底到腰叉子全发凉。恨不得拨头跑回屋，关门躲起来。潘妈招呼珠儿、杏儿、桃儿端三个青花瓷礅子，放在当院，请三位少奶奶坐下。香莲想拿裙子把小脚罩住，偏偏刚才为了露蝴蝶，裙腰往上提，腰带扎得又紧，拉不下来，小脚好赛净心晾在外边给她出丑。她不敢瞅自己脚，也不敢瞅白金宝的脚，更不敢瞅白金宝的脸。白金宝脸儿不定多光彩！

佟忍安对吕显卿说：

"居士，打这评选结果上看，你果然不凡。您看其他各位有的一错两对，有的两错一对，有的名次顺序填倒，惟有您号码也对，顺序也对。不知您品评金莲按嘛规格？"

吕显卿听了好得意，才要开口，乔六桥抢过话打趣道：

"还是那七字法呗！"

吕显卿刚刚比学问栽了，这次不能再栽，嘴皮子也鼓起劲儿说：

"七字法是通用之法。品莲要分等级的。"

"怎么分法，请指教。"佟忍安一追问，两人又较量上了。

"这要先说六个字。"

"不是七字又六字了？愈说愈糊涂了！"乔六桥嘻嘻哈哈说，一边跟旁人挤眉弄眼，想拿这山西佬找乐子。

吕显卿是老江湖，当然明白。他决意给这些家伙点真格的瞧瞧，正色说：

"听明白就不糊涂。小脚美丑，在于形态。何谓形态，形和态呗！先说形，后说态。形要六字具备，即短、窄、薄、平、直、锐。短指前后长度，宜短不宜长。窄指左右宽度，宜窄不宜宽，还须前后相称，一般小脚，往往前瘦后肥，像猪蹄子，不美。薄指上下厚度，宜薄不宜厚；直指足跟而言，宜正不宜歪，这要打后边看。平指足背而言，宜平不宜突，如能向下微凹更妙。锐指脚尖而言，宜锐不宜秃，单是锐还不成，要稍稍向上翘，便有媚劲儿。都说北莲下弯，南莲上弯，要紧不是简简单单一弯。足心要弯，足尖要翘，还得翘得恰到好处。向上撅得赛蝎子尾巴，或向下耷拉得赛老鼠尾巴，都不足取。这是说小脚的形。"

这几句就叫香莲听得云山雾罩，从不知，小脚上还这么多道理讲究。拿这些道理一卡，自己的脚还算脚，只赛坠在脚脖下两块小芋头。前厅里诸位把吕显卿这套听过，不觉拿眼全瞄向佟忍安。盼望这位天津卫能人，再掏出点真玩意儿，把这外边来的能耐梗子压住。佟忍安单手端小茶壶，歪脖眯眼慢条斯理吮着，不知有根还是没词，不搭腔，只是又追了一句：

"这说了形，还有态呢？"

吕显卿瞥他一眼，心想不管你有根没根，先痛快压你一阵再说：

"态字上要分三等。上等金莲，中等金莲，下等金莲。"

香莲心里一惊，想到自己得第二名，生怕这老头把自己归入中等。

"先说上等！"苏州那商人听得来劲，急着说。

"好，我说。上等金莲中间又分三种。两脚缠得细长，好比笋尖，我们大同叫'黄瓜条子'，雅号叫'钗头金莲'。两脚缠得底窄背平，好比弯弓，雅号叫'单叶金莲'。两脚缠得头尖且巧，好比菱角，雅号叫'红菱金莲'。这三种小脚中间垫高底，又叫'穿心金莲'，后边蹬高底，又叫'碧台金莲'。都是上等。"

"居士敢情有后劲，快说说中等嘛样！"乔六桥说。

"脚长四五寸，还端正，走起来不觉笨，鞋帮没有棱角鼓起来，叫'锦边金莲'。脚丰而不肥，好像鹅头，招人喜爱，叫'鹅头金莲'。两脚端正，只是走路内八字，叫'并头金莲'；外八字的叫'并蒂金莲'。这都是中等。"

"这名字真比全聚德炒菜的名儿还好听！"乔六桥笑道。

"六爷你是眼馋还嘴馋？"

"别打岔！居士，你别叫他们一闹把话截了，接着说下等的金莲。"

吕显卿说：

"今儿佟家府上没下等金莲。三位少奶奶都是上等的。要在我们大同赛脚会上，我敢说也能夺魁！"

他这几句话，不知真话假话客气话应酬话，却说得三位少奶奶起身向他道谢。一站一坐的当儿，白金宝无意打裙缝露出小脚，叫戈香莲逮住着意一看，唬一跳，竟然真比平时小了至少一寸！是自己看错还是人家用了嘛魔道法术？

吕显卿对佟忍安说：

"我虽嗜好金莲，比您，至少还差着三磴台阶。方才班门弄斧，可别笑话我无知，多多指点才对呢！"

佟忍安眼瞅一处，不知想嘛，一听吕显卿这话好比跑到自己大门口叫阵，略一沉便说：

"秦祖永《桐阴论画》，把画分做四品。最高为逸品，神品次之，妙品又次之，最末才是能品。我看这逸和神要倒一倒，神为首。能品最易得，也最易品。神品最难得，也最难品。拿我们古玩行说，辨画的真伪，看纸、看墨、看裱、看款、看图章、看轴头，都容易，只要用心记住，走不了眼。可有时候高手造假画，用纸、用墨、用绫、用锦，都用当时的，甚至图章也用真的，怎么办？再有，假宋画不准都是后来人造的，宋朝当时就有人造假！看纸色墨色论年份都不错，就没办法了？其实，盯准更紧要的一层，照样分辨出来，就是看'神'！真画有神，假画无神。这神打哪儿来的呢？比方，山林有山林气，画在纸上就没了。可画画的高手，受山林气所感，淋淋水墨中生出山林一股精神。这是心中之气，胸中之气，是神气。造假绝造不出来。小脚人人有，人人下功夫，可都只求形求态。神品……人世间……不能说没有……它，它……它……"

佟忍安说到这儿忽然卡住，眼珠子变得浑浑噩噩蒙蒙眬眬虚虚幻幻离离叽叽，发直。香莲远远看，担心他中了风。

吕显卿笑道："未免神乎其神了吧！"他真以为佟忍安肚子里没货，玩玄的。

"这神字，无可解，只靠悟。一辈子我只见过一双神品，今生今世再……唉！何必提它！"佟忍安真赛入了魔。弄得众人不明不白不知该说嘛好。

忽然，门外闯进一个胖大男人。原来大少爷佟绍荣，进门听说今儿赛脚，白金宝夺魁，他老婆败了阵。吼一声："我宰了臭娘儿们！"把手里鸟笼子扯了，刚买的几只红脖儿走了运，都飞了。他操起门杠，上来抡起就打香莲，众人上去拉，傻人劲大，乔六桥、牛凤章等都是文人，没帮上忙，都挨几下，牛凤章门牙也打活了。一杠子抡在香莲坐的瓷礅子上，粉粉碎。佟忍安拍桌子大叫："拿下这畜生！"男用人跑来，大伙合力，把大少爷按住，好歹拉进屋，里边还一通摔桌子砸板凳，喊着：

"我不要这臭脚丫子呀！"

客人们不敢吱声，安慰佟忍安几句，一个个悄悄溜了。

当晚，傻爷们儿闹一夜，把香莲鞋子脚布扒下来，隔窗户扔到院里。三更时还把香莲鸡哇喊叫死揍一顿轰出屋来。

香莲披头散发，光着脚站在当院哭。

第六回　仙人后边是神人

　　戈香莲赛脚一败，一跟斗栽到底儿。

　　无论嘛事，往往落到底儿才明白。悬在上边发昏，吊在半截也迷糊。在佟家，脚不行，满完。这家就赛棋盘，小脚是一个个棋子儿，一步错，全盘立时变了样儿。

　　白金宝气粗了。香莲刚过门子时，待她那股子客客气气劲儿全没了。好赛憋了八十年的气，一下子都撒出来。时不时，指鸡骂狗，把连勾带刺的话扔过来，香莲哪敢拾。原先不知白金宝为嘛跟她客气，现在也不知白金宝干嘛跟她犯这么大性。白金宝见这边不拾茬，性子愈顺愈狂。不知打哪弄一双八寸大鞋，俗名叫大莲船，摆在香莲门口，糟蹋香莲。香莲看得气得掉泪却不敢动。别人也不敢动。

　　守寡的四媳妇董秋蓉在家的地位有点变化。过去白金宝总跟她斗气，板死脸给她看，赛脚会后换了笑脸，再逢亲朋好友来串门，就把秋蓉拉出来陪客人说话，甩开香莲理也不理，弄得秋蓉受宠若惊，原是怕白金宝，这会儿想变热乎些又转不过来，反而更怕见白金宝了。

佟绍华沾了光。只要在铺子里待腻了想回家，打着二少奶奶旗号，说二少奶奶找他，挺着肚子就回来了，佟忍安也没辙。可后来，二少奶奶自己出来轰他，一回来就赶回去。本来佟绍华骑白金宝脖子上拉屎当玩，这阵子白金宝拿佟绍华当小狗儿。谁也不知二少奶奶怎么一下子对二少爷这么凶。戈香莲明白。她早早晚晚三番五次瞧见佟忍安往白金宝屋里溜。但她现在躲事都难还去招惹？再说家里人都围着白金宝转，知道也掖肚子里，谁说？丫头们中只桃儿待香莲好，她原是派给香莲用的，当下只要她一脚迈进香莲屋，白金宝就叫喊桃儿去做事，两只脚很难都进来。一日中晌，趁着白金宝睡午觉的当儿，桃儿溜进香莲屋来悄悄说，自打白金宝不叫二少爷着家，二少爷索性到外边胡来，过去逛一回估衣街的窑子，到家话都少说，怕走了嘴。现在嘛也不怕，整天花街柳巷乱窜。憋得难受时竟到落马湖去尝腥，那儿的窑姐都是野黑粗壮的土娘们儿，论钟头要钱，洋表转半圈，四十个铜子儿。到时候老鸨子就摇铃铛，没完事掏钱往外一扔。桃儿说，这一来柜上的钱就由得二少爷尽情使。乔六桥一伙瞟上了他，整他缠他请吃请喝请看请玩再请吃请喝请看请玩。

"老爷可知道？"

"老爷的心里向来没全撂铺子里，你哪知道！"

香莲也知道，但不知自己知道一多半还是一少半。

这家里，看上去不变的惟有潘妈。她住东北角紧挨佟忍安内室的一间耳房。平时总待房里，偶然见她在太阳地晒鞋样子，晾布夹子，开门叫猫。她养这猫倒赛她自己，全黑、短毛、贼亮、奇凶，赛只瘦虎。白天在屋睡觉，整夜上房与外边流窜来的野猫厮打，鬼哭狼号吼叫，有时把屋顶的砖头瓦块"啪哒"撞下来。桃儿说，全家人谁也离不开潘妈，所有鞋样子都归她出。赛脚那天白金宝的小脚就靠她道饰的。她的鞋样敢说天下没第二个。

"十天半个月，她也往各屋瞧瞧，鞋不对，她拿去弄。可她就不往您屋里来。您没瞧见赛脚前她天天都往二少奶奶屋跑。就是她把您打赛脚会上弄下来的。不知她为嘛偏向二少奶奶，恨您！"

香莲没搭腔。心里却有话。香莲心细，看出潘妈打赛脚后不再去白金宝屋子了。

变得最凶，要数香莲的傻爷们儿。香莲真不懂傻人也把小脚看得这么重。原先是傻，这一下疯了。疯人更没准，犯起病就跟香莲瞎闹。有时拿拴床帐的带子，把香莲两脚捆一块，说要拿出来卖，买鸟儿，这是高兴时候。凶狠起来就拿针锥扎小脚，鲜血打裹脚布里往外冒。香莲已有了身孕，桃儿等几个丫头来哄大少爷说，大少奶奶肚里有他孩子，孩子有双天下没比的小脚，叫他必得好好待大少奶奶，等着好小脚生出来。这话管用，大少爷一听立时变样，天天捧着香莲小脚亲了又亲。一天打外边回来，居然给香莲买一包蜜枣，叫香莲心里一热直掉泪。可过几天，街上两个坏小子拦着大少爷说："听说你爹给你娶个大脚媳妇，还要再生个大脚闺女。"他眼就直了，操起菜刀踹门进屋，非要切开香莲肚子看小脚不可。扯脖子叫喊着：

"我爹诓了我，谁也不信，打开看！"

香莲这两天正是心如死灰时候。不知谁把赛脚会的事传给香莲的奶奶。奶奶听了，气闭过去。香莲得信赶到家，奶奶拿最后一口气对她说："奶奶也不知怎么会毁的你！"糊里糊涂，抱着悔恨作古了。香莲绝了后路，见傻爷们儿也不叫她活，心一横，把衣服两边一扯刷地撕开，露出鼓鼓白肚皮，瞪着眼对大少爷说：

"开吧！我活腻了，要嘛给你嘛！"

谁知当啷一声，菜刀扔在地上，傻爷们儿居然给香莲磕起头来。脑门撞得青砖地"通、通、通"直响，十来下就撞昏了，脑门鼻子都流血，再醒来，不打不闹，也不说话，只是傻哭，饭菜全不吃，到后来滴水不进，药汤没法灌，人就完了。挺大一个活人，完了，真容易。

应上"白马犯青牛，鸡猴不到头"这句话。香莲结婚没一年，守了寡。人强心不死，她只盼着生个小子。白金宝和董秋蓉两房头都是闺女，董秋蓉一个，白金宝两个，据说在南边的三少奶奶尔雅娟生的也是闺女。香莲要生个小子，给佟家留根，日子还能喘过口气。偏偏心强命不强，生的是丫头！想改也改不了，想添也添不了。生下来不久就满身疹子。她心凉得赛冰块，天天头不拢脚不裹，孩子死就死，死完自己死。可自己身上掉下的这块肉，满是红点，痒得整天整夜哭，哭声叫她待不住，每天一趟走到娘娘宫，给斑疹娘娘烧香。娘娘像前还有三个泥塑长胡的男人，人称"挠司大人"，专给出疹子的孩子挠痒，还有一条泥做的黑狗，专给孩子舔痒痒痘。她一连去七天，别说娘娘不灵，孩子的疹子竟然退了。

一天潘妈忽进来，抓起孩子的小脚看了看，惊讶地说："又是天生一块稀罕料。"随后拿着吓人的鼓眼盯住香莲说："老爷叫我给她起个名儿。就叫莲心吧！"

香莲听了，两眼立时发直。潘妈走出去时，看也不看。桃儿端饭进来了。自打大少爷死后，香莲落得同丫头们地位差不多，吃饭也不敢和老爷少爷少奶奶们同桌。桃儿问她：

"不是二少奶奶又骂闲街了？甭搭理她，她骂，您就把耳朵给她，也不掉块肉。"

香莲直呆呆不动。

桃儿又说：

"我看四少奶奶心眼倒不错。这汤面上的肉丝，还是她夹给您的呢！原先她那双脚，不比二少奶奶差。倒霉倒在一次挑鸡眼，生了脓，烂掉肉，长好了就嫌太瘦。那天赛脚，我劝她垫点棉花，她不肯。她怕二少奶奶看出来骂她。可我……您可别往外说呀——二少奶奶脚尖就垫了棉花。本来她脚尖往下耷拉！不单我瞧出来，珠儿花儿全瞧出来了，谁也不敢说就是了！"

桃儿引香莲说话。本来这话十分勾人谈兴的。但香莲还是不吭声也不动劲，神色不对，好赛魂儿不在身上。桃儿以为她一时心思解不开，不便扰她，就去了。香莲在床边直坐到半夜，拿着闺女雪白喷香的小脚，口里不停念叨着潘妈的话：

"又是天生一块稀罕料……天生一块稀罕料……天生一块稀罕料……"

三更时，香莲起来销上门，打开一小包砒霜，放在碗中，拿水沏了，放在床头。上床放了脚，使裹脚条子把自己和闺女的脚捆在一块儿，这才掉着泪说：

"闺女！不是娘害你！娘就是给这双脚丫子毁成这样，不愿再叫你也毁了！不是娘走了非拉着你不可，是娘陪你一块走呀！记着，闺女！你到了阎王殿也别冤枉你娘呀！"

闺女正睡。眼泪掉在闺女脸上，好赛闺女哭的。

香莲猛回身，端起毒药碗就要先往闺女嘴里灌。

忽听哗啦一响，窗子大敞四开，黑乎乎窗前站着一个人。屋里灯光把一张老婆子的脸照得清清楚楚。满脸横七竖八皱纹，大眼死盯着自己，真吓人！

"鬼！"香莲一叫。毒药碗掉在地上。

恍惚间，以为是奶奶的鬼魂儿找来了，又以为是自己从没见过、早早死去的婆婆。耳朵却听这老婆子发出声音，哑嗓门，口气很严厉：

"要死还怕鬼！再瞅瞅，我是谁？"

香莲定住神，一看是潘妈。

"开开门，叫我进去！"潘妈说。

香莲见是她，心一定，不解脚条子，把头扭一边。

潘妈打窗子进去，站在床前，冷笑道：

"活不会活，死倒会死！"

香莲心还横着，在死那边。根本不理她。

潘妈上去，拿起香莲的脚，摆来摆去又捏又按上下左右前前后后地瞧了又看看了又瞧，真赛端详一个精细物件。香莲动也不动，好似这脚不跟她身子连着。心都死了，脚还活着？潘妈手拿她的脚，眼瞅一边，深深叹一口长气说："他眼力真高！我要有这双脚，佟家还不是我的！"她沉一下忽扭头对香莲说："您要肯，把您这双脚交给我，我保您在佟家横着走路！"这两句话说得好坐实，一个字儿在板上钉一个钉子。

她等着香莲回答，停一刻，没听香莲吭声，便冷冷说："带金镯子穷死，活该去当窝囊鬼吧！"转身就走，小脚还没迈出门坎，香莲的声音就撞在她后背上：

"你说的算，我就依你！"

潘妈回过身。香莲打进佟家，头次见潘妈笑脸。脸板惯了，一笑更吓人。可跟着笑容就消失，不笑反比笑更舒服。潘妈问：

"这脚谁给您缠的？"

"我奶奶。"

"算她对得起您！您听好了——您这双脚，要论天生，肉嫩骨软，天下没第二双；要论缠裹，尖窄平直，也没挑儿。您奶奶算能人，没给您缠坏，就算成全了您。可是怨就怨您自己没能耐收拾它。好比一块好肉，只会水煮放盐，不会炸炒烹炖，白叫您给淹浸了！再好比一块玉，没做工，还不跟石头一样！单说赛脚那天，那双蝴蝶鞋还算鞋？破点心盒子！酱菜篓子！要嘛没嘛，嘛好脚套上它还有样？再说您为嘛不穿弓底？人家二少奶奶四寸脚，穿上弓底，脚一弯，四寸看上去赛三寸。您这脚本来三寸，反叫这破鞋连累的显得比二少奶奶脚还大，这不屈了！不等着败等嘛？"

香莲眼珠子闪一道蓝光：

"告我，还有救吗？"

"要没有，跟您说它干嘛！"

香莲解开脚上带子，下床"扑通"趴下来给潘妈磕三个头：

"潘妈，求您给我指个明道儿，叫我翻过身来吧！"

她眼里直冒火。

潘妈冷言道：

"您起来，您是主家，不兴给用人跪着。再说，我又不是为您。您为您自己，我也为我自己。可都得用您这双脚。谁也别谢谁了！"

香莲听懂一半，另一半不懂。

潘妈不管她懂不懂，"叭"地打开桌上一个漆盒子。不知这盒子嘛时候摆在桌上的。黑漆面，朱漆里，铜蝙蝠包角，盒里一块绣花黄绸子，掀开花绸，拿出一双花团锦簇般的小鞋，绣工可谓盖世无双，花边一层套一层，细得快看不出来，拿眼一盯，藤萝鱼鸟博古走兽行云海浪万字回纹，都是有姿有态精整不乱。拿出来就喷香浓香异香，赛两朵花儿。放在手中，刚和手掌一般大小。又软又轻又俏又柔，弯弯的，好比一对如意紫金钩。再看底儿竟是紫檀木旋的。

"您穿上试试。"

"这鞋怕不到三寸吧，我哪能穿？"

"不能我叫您穿？"

香莲提着鞋跟，把脚尖伸进去一蹬，只觉光溜溜鞋底蹭着脚掌一滑，哧嚓穿上，不大不小，正正好好。咦，看上去比脚小的鞋，怎么正好？她瞧着潘妈发怔。潘妈说：

"我说了，三寸脚一弯，就比三寸小。这是古式鞋底，样好，弯得赛桥，正经八百叫弓底，不比现时市面上的柳木底子，随便有个弯儿就得。照规矩，三寸鞋，木底长二寸六，弯七分。您再量您那双，顶多弯三分，哪成？好了，您把这双裤腿套儿套在外边，看看嘛样儿吧！"

潘妈打盒里又拿双裤腿套，香莲接过一看，恐怕这样好的绣活别处甭想见到。潘妈说：

"都是桃儿绣的，往后你就找她。"

香莲惊得说不出话来。低头套上这裤腿套，鞋是绿的，套是粉红的，绣线全是淡色，浅紫浅蓝浅黄浅棕浅灰浅酱，加上白和银，又素又艳，愈显得脚儿玲珑娇小可爱。想不到这小脚就连在自己腿下边。她瞅瞅潘妈，心想潘妈也要夸赞几句。潘妈却说：

"您站起来走几步看。记着，小脚有四忌，坐着忌讳晃裙子，躺着忌讳抖脚尖，站着忌讳踮脚跟，走路忌讳翘脚趾。"

香莲想起身试试，身子一立，只觉自己好赛给挂在杆子上，摇摇晃晃，脚发空又发紧，赶紧收拢脚尖，人就往前栽，差点来个马趴，脚跟一使劲，人又往后仰，险些来个老头钻被窝。潘妈按她坐下，叫她脱下鞋子，自己坐对面，把香莲的裹脚条子揪下来一扔，边说："大少奶奶，再受次罪吧，我给您重缠。您穿惯小弯底儿，脚弓不够，全靠缠了！"说着手里已拿了一卷又窄又齐整的青布条子，不管香莲乐不乐意，这脚丫子好比她的东西。大拇指一挑，"嗒"地脚布头就按在脚上，这下真比逮小飞虫还快。她说："您看好了，下次就照这样裹！"

香莲用心看，也用心记。只见潘妈——

先把脚布直头按在脚内侧靠里怀踝骨略前打脚内直扯大拇趾尖兜住斜过来绕到脚背搂紧再打脚背外斜着往下绕裹严压向脚心四个脚趾拉住抻紧再转到脚外边翻上脚背搭过脚外边挂脚跟前扯勾脚尖回到脚内侧又直扯大拇趾斜绕脚背下绕四脚趾打脚心脚外边上脚背外挂脚跟勾住脚尖二次回到脚内侧跟手还是脚内脚尖脚背心脚外脚背脚跟脚尖三次回到原处再来。香莲看出，和奶奶裹法差得并不大，不过手底下更利索，脚布绕来绕去绝不折边，一道道紧紧包着密不透气，使力均匀，没有半点松劲地方。可缠到第八道，手法忽变，又加进一条宽裹脚条子，嘴里说一句：

"这叫拦裹布。用的是'拦脚背法'。专治你脚弓不够弯的毛病！"

随这话，脚布上手一勾脚尖，返过足背，竟打外边向下绕，反着拉脚跟，转上去刚好缠脚巴骨，跟着就打内边绕过脚背，来回几圈，算把裹脚布扣住。跟手转过脚跟上脚脖，把脚背前半截拦上，不松劲地打脚跟后直拉大拇趾头，连着脚巴骨一包上足背，这算拦一扣，再裹再拦，再拦再裹，直到把一卷一丈多的裹脚条子全用完。香莲便觉脚背发胀，脚心发空，脚跟和脚心好比叫人两手攥着往下使劲掰，就赛脚抽筋一样。看是好看，有模有样，上弓前翘，俏丽俊巴，可穿上潘妈拿给她的另一双板脚用的青布鞋，难受多了，迈步赛踩高跷。

"能受？"潘妈问。鼓眼珠子瞧着她。分明考问她。

香莲毫不含糊：

"打算活，都能受。还怎么着，你就说吧！"

潘妈冷冷盯她一眼，点点头。打盒里又拿出一把小尺，只三寸，象牙做的，用得久，发旧发黄发亮，上边的星子都是嵌银的。她把尺子给她时说："这是专量脚使的。二少奶奶使不了，她脚比这尺大。"潘妈嘿嘿一笑，这笑，赛股寒气，往人骨头里钻。"你天天晚上拿热水洗脚，洗完照我刚才那样缠上。记住！一双好脚睡觉时候也不能松开。只要缠好就拿它量。我这儿还有张表，脚上每个关节上边都有尺寸，不能错过半分半毫，哪儿胀出来就揿哪儿。给你——"又递给香莲一张破旧的元书纸，木版印的表格，满是字是尺寸。

香莲拿过一看，这才算打小脚的门缝往里边瞅一眼。一眼就看花了——

自打这夜，天天三更，潘妈准时推门进来，帮她调理小脚，教给她种种规矩、法度、约束、讲究、忌讳、能耐和诀窍，怎么洗脚怎么治脚怎么修脚怎么爱脚怎么调药和怎么挑鸡眼。渐渐还教会她自制弓鞋，做各式各样各门各类鞋壳子，削竹篾，靪曳拔，缘鞋口，缝裤腿套，这一切，不论制法、配色、选料、尺度，都有苛刻的规法。错了不成，否则先叫行家笑话。不懂就糊涂着，懂了就非照它办不可。规矩又是一层套一层，细一层，紧一层，严一层。愈钻反而愈来劲愈有趣愈有学问。在它下边受制，在它上边制它。她真不知潘妈肚子里还有多少东西，也许一辈子也学不尽，可香莲是个会用心的女子，非但用心还尽心。一样样牢牢学到手。

虽然她的脚天生质嫩，骨头没硬死，但毕竟大人，小脚成形，要赛泥人张手中胶泥可不成。强弓起来的脚，沾地就疼，赛要断开，真好比重受当年初裹的罪。她不怕！有罪挨着，疼就强忍，硬裹硬来硬踩硬走，硬拿自己干。白金宝眼尖，看出来，就骂她："臭蹄子，裹烂了，还不是只死耗子！"她只装没听见。这话赛刀子，她死往肚里咽。只想一天，拿出一双盖世绝伦的小脚，把这佟家全踩在脚底下。就不知她命里，叫不叫她吐出这口恶气。她叫自己的命差点制死呀！

这日，她抱着莲心在廊子上晒太阳，佟忍安站在门口揪鼻子毛，一使劲，一扭脸，远远一眼就盯上香莲的脚。佟忍安何等眼力，立时看出她的脚大变模样，神气全出来了。佟忍安走过来只说一句："后晌，你来

京式双脸鞋　　软邦鞋　　京式　　津式(宣晓)

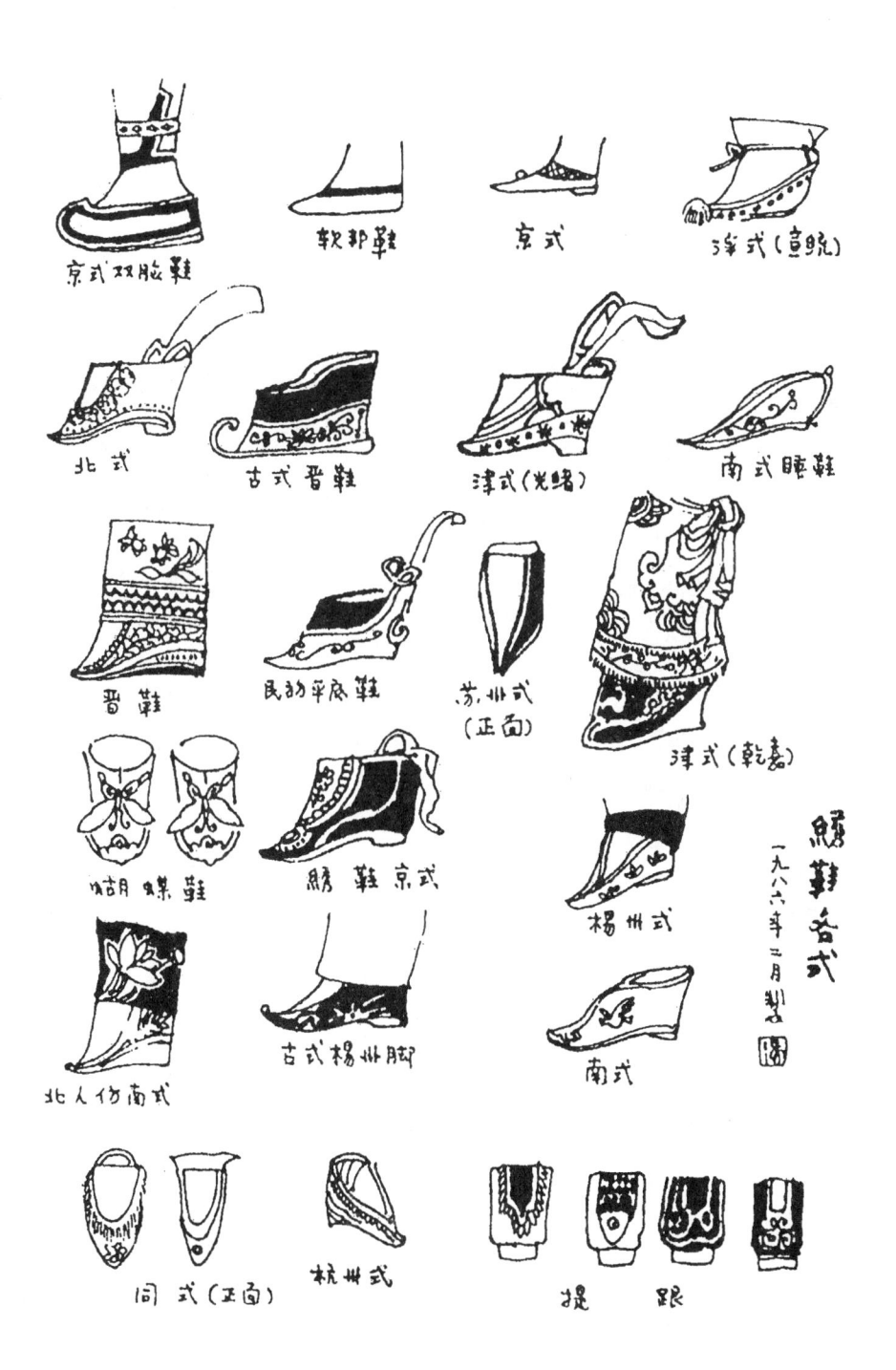

北式　　古式晋鞋　　津式(光绪)　　南式睡鞋

晋鞋　　民初平底鞋　　苏州式(正面)　　津式(乾嘉)

蝴蝶鞋　　膀鞋京式　　杨州式　　睡鞋各式

北人仿南式　　古式杨州脚　　南式

一九八六年二月制

同式(正面)　　杭州式　　提跟

三寸金莲

足部尺度一览表（营造尺）

各　部	径	赤足尺度	紧缠尺度	注
足尖至后跟	直	三寸二分	二寸九分	即足之大小
大趾	直	八分	八分	
大趾	中部横	五分	三分五	
二趾	直	六分	六分	
二趾	中部横	三分	二分七	
中趾	直	七分	七分	
中趾	中部横	四分	三分七	
四趾	直	六分	六分	
四趾	中部横	四分	三分六	
小趾	直	四分	四分	
小趾	中部横	二分		缠后小趾全被挤没，不占宽度
足心足跟间缝口	中部垂直深	一寸	一寸一分	
里缝口	垂直	一寸三分	一寸四分	
外前缝口	垂直	七分	八分	趾根肉折成之深缝
外后缝口	垂直	一寸	一寸一分	足跟前大深横缝
缝底	横	一寸	九分	
下缝口	横	一寸二分	一寸	
下缝口	原宽 分开宽	二分 四分		开时如刀削缠时合一线
缝至足尖	直	二寸一分	一寸八分	
足跟下	横	一寸	九分	
足跟下	直	一寸一分	一寸一分	
后跟	高	一寸五分	一寸七分	缠后自然高起
足跟下至膝盖	直	一尺三寸	一尺三寸二分	
起足尖至胫腕	斜高	四寸	四寸	
足尖	圆	一寸三分	一寸一分	大趾中部
胫腕	圆	三寸八分	三寸八分	
足腰	圆	二寸五分	二寸	
足面至后跟	直	二寸三分	二寸	
足面至足心	厚	一寸三分	八分	三四趾处
足心下至平地	空	三分	五分	
足面上至膝盖	直	一尺一寸四分		
赤足站立时	直	三寸四分		

我屋一趟。"转身便走了。

她打进了佟家门，头次进公公屋，也很少见别人进去过。这屋子一明两暗，满屋书画古董，一股子潮味儿、书味儿、樟木味儿、陈茶味儿、霉味儿，浓得噎人。她进来就想出去换口气。忽见佟忍安的眼正落在她脚上。这目光赛只手，一把紧紧抓住她脚，动不得。佟忍安忽问：

"谁帮你道饰这脚？"

"我自己。"

"不对，是潘妈。"佟忍安说。

"没有。我自己。"香莲不知佟忍安的意思，怕牵扯潘妈，咬住这句话说。

"你要有这能耐，上次赛脚也败不下来……"佟忍安眼瞧别处，不知琢磨嘛，自个对自个说，"唉！这老婆子！再收拾好这双脚，更没你的份啦……"他起身走进东边内室，招手叫香莲跟进去。

香莲心怕起来。不知公公是不是要玩她脚。反过来又想，反正这双脚，谁玩不是玩，祸福难猜，祸福一样，进去再说。

屋里更是堆满书柜古玩，打地上到屋顶。纸窗帘也不卷，好暗。香莲的心怦怦跳，只见佟忍安手指着柜子叫她看。柜子上端端正正放一个宋瓷白釉小碟儿，碟上反扣着一个小白碗儿。佟忍安叫香莲翻开碗看。香莲不知公公耍嘛戏法，心里揪得紧紧，上手一翻拿开碗，咦呀！小白碟上放着一对小小红缎鞋，通素无花，深暗又鲜，陈旧的紫檀木头底子，弯着赛个小红浪头，又分明静静停在白碟上。鞋头吐出一个古铜小钩，向上卷半个小圆，说不出的清秀古雅精整沉静大方庄重超逸幽娴。活活的，又赛件古董。无论嘛花哨的鞋都会给这股沉静古雅之气压下去。

"哪朝哪代的古董？"香莲问。

"哪来的古董，是你婆婆活着时候穿的。"

"这样好看的小脚，怕天下没第二双！"香莲惊讶得瞪圆一双秀眼说。

"我原也以为这样，谁知天不绝此物，又生出你这双脚来。会比你婆婆还强！"佟忍安脸上刷刷冒光。

"我的？"香莲低头看自己的小脚，疑惑地说。

"现在还不成。你这脚光有模样!"

"还少嘛?"

"没神不成。"

"学得来吗?"

"只怕你不肯。"

"公公,成全我!"香莲"扑通"跪下来。

谁料佟忍安"扑通"竟朝她跪下来,声儿打颤地说:"倒是你成全我!"他比她还兴奋。

她不知佟忍安怎么和潘妈一样,到底为嘛都指望她这双脚。只当公公想玩。香莲有自己一盘算盘珠儿,通身一热,站起来把脚伸给他。佟忍安抱着香莲小脚说:"我不急,先成就你这双脚再说。"他问她:"你认得几个字儿?"

"蹦蹦跳跳,念得了《红楼梦》。"

"那好!"佟忍安立时起来拿几套书给她,"反反复复看了,等你心领神会,我再给你开个赛脚会,保你拿第一!"

香莲这会儿才觉得,一脚把佟家大门踢开。她把书抱回屋,急急渴渴打开,是三种。一是《缠足图说》,带画的;一是李渔写的《香艳丛谈》,也带画带小人;还有薄薄一小本,是《方氏五种》,全是字。打粗往细看上几遍才明白,小脚里头比这世界还大。还明白女人身上没一处不讲究规矩法矩尺度标准戒除忌讳品类,哪怕举手投足行止坐卧眼神口形声调,乃至梳发理衣施粉染唇佩戴濯洗护肤之法,没这一套,单一双小脚不成。懂这套才算真懂小脚。潘妈那些玩意儿,还是皮毛,这才摸到神骨。打比方,奶奶给她是囫囵一个大肉桃,潘妈给她剥出核儿来,佟忍安敲开核儿,原来里边还藏着桃仁。桃仁还有一百零八种吃法。这才叫作:

能人背后有仙人。

仙人背后有神人。

第七回　天津卫四绝

今儿，爷几个凑一堆儿，要论论天津卫的怪事奇人，找出四件顶绝的，凑成"津门四绝"。这几位事先说定，四件里头，件件都得有事，还得有人，还得大伙全点头才能算数。更要紧的是这事这人拿出去必能一震。叫外地人听了张口瞪眼，苍蝇飞进嘴里也不觉得才行。这样说来论去，只凑出三件。

头件叫作恶人恶事。

这是说，城内白衣庵一带，有个卖铁器的，大号王五，人恶，打人当玩，周围的小混星子们都敬他，送他个外号叫小尊，连起来就叫小尊王五。前几年，天津卫的混星子们总闹事，京城就派一位厉害的人来当知县，压压混星子，这人姓李，都说是李中堂的侄子。上任前，有人对他说天津卫的混星子都是拿脑袋别在裤带上的，惹不得，趁早甭去。姓李的笑笑，摇摇头，并不在意。他后戳硬，怕谁？上任这天该出告示，要全城混星子登记，凡打过架即使不是混星子也登记，该登记不登记的抓来就押。还嘱咐县里滕大班头多预备些绳子锁头。这滕大班头，人黑个大，满脸凶相，出名的恶人，混星子们向来跟他井水不犯河水，今儿他公务在身，话就该另说。小尊王五听到了，把一群小混星子召到他家，一抬下巴问道："天津卫除我，还谁恶？"小混星子当下都怵李知县和滕大班头，就说出这二人。小尊王五听罢没言语，打眉心到额顶一条青筋鼓起来，腾腾直跳，转天一早操起把菜刀来到滕大班头家，举拳头"哐哐"砸门。滕大班头正吃早饭，嚼着半根果子出来，开门见是小尊王五，认得，便问："你干嘛？"小尊王五扬起菜刀，刀刃却朝自己，一下"咔嚓"把自己脑门砍一道大口子，鲜血冒出来。小尊王五说："你拿刀砍了我，咱俩去见官。"滕大班头一怔，跟着就明白，这是找他"比恶"来的。照天津卫规矩，假若这时候滕大班头说："谁砍你了？"那就是怕，认栽，那哪行！滕大班头脸上肉一横说："对，我高兴砍你小子，见官就见官！"小尊王五瞅他一眼，心想这班头够恶！两人进了县衙门，李知县升堂问案，小尊王五跪下来就说："小人姓王名五，城里卖香干的，您这班头吃我一年香干不给钱，今早找他要，他二话没说，打屋里拿出菜刀给我一下，您瞧，凶器在这儿，我抢过来的，伤在这儿，正滴答血呢！青天大老爷得为我们小百姓做主！"李知县心想，县里正抓打架闹事的，你堂堂县衙门的班头倒去惹事。他转脸问滕大班头："这事当真？"假若滕大班头说："我没砍他，是他自己砍的自己。"那也算栽。滕大班头当然懂得混星子们这套，又是脸上肉一横说："这小子的话没错，我白吃他一年香干不给钱，今早居然敢找上门要账，我就给他一刀，这刀是我家剁鸡切疙瘩头的！"小尊王五又瞅他一眼，心想："别说，还真有点恶劲！"李知县又惊又怒，对滕大班头说："你怎么知法犯法？"一拍惊堂木叫道："来人！掌手！五十！"衙役们把架子抬上来，拉着滕大班头的手，将大拇指插进架子一个窟窿眼儿里，一掰，手掌挺起来，拿枣木板子就打，"啪啪啪啪"十下过去，手心肿起两寸厚，"啪啪啪啪啪啪"又十五下，总共二十五下才一半，滕大班头就挺不住，硬邦邦肩膀子好赛抽去筋，耷拉下来。小尊王五在旁边见了，嘴角一挑，嘿地一笑，抬手说："青天大老爷！先别打了！刚才我说那些不是真的，是我跟咱滕大班头闹着玩呢！我不是卖香干是卖铁器的。他没吃我香干更没欠我债，这一刀不是他砍是我自个砍的，菜刀也不是他家是我铺子里的。您看刀上还刻着'王记'两字儿呢！"李知县怔了，叫衙役验过刀，果然有"王记"两字，便问滕大班头怎么档事，滕大班头要是说不对，还得再挨二十五下，要是点头说对，就算服栽。可滕大班头手也是肉长的，打飞了花，多一下也没法受，只好连脑袋也耷拉下来。也等于承认王五的话不假。这下李知县倒难了！王五自己砍自己，给谁定罪？如果这样作罢，县里上上下下不是都叫这小子耍了？可是，如果说这小子戏弄官府给他治罪，不就等于说自己蠢蛋一个才受捉弄？正在骑虎难下、气急冒火的当儿，没料到小尊王五挺痛快，说道："青天大老爷！王五不知深浅，只顾取乐，胡闹乱闹竟闹到衙门里，您不该就这么便宜王五，也得掌五十。这样吧，您把刚刚滕大班头剩下那二十五下加在我这儿，一块算，七十五下！"李知县火正没处撒，也没处下台阶，听了立时叫道："他这叫自作自受。来人！掌手！七十五！"小尊王五不等衙役来拉他，自个过去把右手大拇指插进架子，肩膀一抬手心一翘，这就开打。"啪啪啪啪"一连二十五下，手掌眼瞅着一下下高起来，五十下就血肉横飞了。小尊王五看着自己手掌，没事，还乐，就赛看一碟"爆三样"，完事谢过知县，拨头就走。没过三天，李知县回京卸任，跟皇上说另请能人，滕大班头也辞职回乡。这人这事，恶不恶？

众人点头，都说这事叫外地人听了，后脖子也得发凉，够上一绝。

第二件叫作阔人阔事。

天津卫，阔人多，最阔要数"八大家"。就是天成号养船的韩家、益德裕店高家、长源店杨家、振德店黄家、益照临店张家、正兴德店穆家、土城刘家、杨柳青石家。阔人得有阔事，常说哪家办红白事摆排场，哪家开粥厂随便人来敲开吃，一连开三个月等等，都不能算。必得有件事，叫人听罢，这辈子也忘不了才行。当年卖海盐发财的海张五，掏钱修炮台，算一段事，但细一分，他花钱为的是买名，算不上摆阔，就还差着点儿。今儿，一位提出一段事，称得上空前绝后。说的是头年夏天，益德裕店的高家给老太太过八十大寿。儿子们孝顺，费尽心思摆个大场面，想哄老太太高兴。不料老太太忽说："我这辈子嘛都见过，可就没看过火场，连水机子嘛样也没瞧过，二十年前锅店街的油铺着火，把西半边天烧红了，亮得坐在屋里人都有影儿。城里人全跑去看，你们爹——他过世，我不该说他——就是不叫我去看。这辈子白来不白来？"说完老太太把脸耷拉挺长，怎么哄也不成。三天后，高老太太几个儿子商量好，花钱在西门外买下几十间房子，连带房里的家具衣物也买下，点火放着。又在半里地外搭个高棚子，把老太太拿轿抬去，坐在棚里看救火。大火一起，津门各水会敲起大锣，传锣告警。天津卫买卖人家多，房子挤着房子，最易起火，民间便集合"水会"，专事救火，大小百八十个，这锣一起，那锣就跟上，城里城外，河东水西，顷刻连成一片，气势逼人。紧跟着，各会会员穿各色号坎，打着号旗，抬着水柜和水机子，一条条龙似的，由西城门奔出来，进入火场。比起三月二十三开皇会威风多了。火场中央，专有人摇小旗指挥，你东我西你南我北你前我后你进我退，决不混乱。水机子上有横杆，是压把儿，两头有人，赛小孩儿打压板，一上一下，柜里的水就从水枪喷出来，一道道青烟蹿入烟团火海里，激得大火星子，噌噌往天上飞，比大年三十的万花筒不知气派几千几万倍。高老太太看直了眼。大火扑灭，各会轻敲"倒锣"，一队队人撤出去。高家人在西门口，拿二十辆大马车装满茶叶盒点心包，犒劳各会出力表演。这下高老太太心里舒坦了，说总算亲眼看过火场，天下事全看齐了。这事够不够阔？

众人说，阔人向例爱办穷事。这一手，不单叫穷人看傻了，也叫阔人看傻，甚至叫办事的人自己也看傻了，这不绝嘛绝？当然算一绝！这可就凑上两绝啦！

第三件叫作奇人奇事。

这人就是眼睛不瞅人的华琳。此人名梦石，号后山人。家住北城里府署街。祖上有钱，父亲好闲，喜欢收罗天下怪石头。这华琳在天津卫画人中间，称得上一位大奇人。他好画山水，名头远在赵芷仙上边，每天闭门作画，从不待客，更不收弟子。他说："画从心，而不从师。"别人求画，立时回绝，说："神不来，画不成。"问他："神何时来？"答："不知，来无先兆，多在梦中。"又问："梦里如何画得？"答："梦即好画。"再问："嘛叫好画？"答："画山不见山，画水不见水。"接着问："如何才能见？"答："心照不宣。"再接着问："古人中谁的画称得上好？"答："唯李成也。李成后，天下无人。"可是，打古到今，谁也没见过李成真迹。古书上早有"无李论"一说。他只承认李成好，等于古今天下不承认一人。这是他的奇谈，还有件事，便是无论谁也没见过他的画。据说，他每画完，挂起来，最多看三天就扯掉烧了。有天邻居一个婆子打鸡，鸡上墙飞到他院中。这婆子去抱鸡，见他家门没锁，推门进去，抓着鸡，又见他窗子没关，屋内无人，桌上有画，顺手牵羊隔窗偷走他的画，拿到画铺去卖。他知道后，马上使四倍的钱打画铺把画买回，撕了烧掉。好事者去打听那婆子、那画铺，那画画得怎样，经手人糊里糊涂全都说不清道不明，只好作罢。但谁也弄不明白，既然没画，哪来这么大的名气？这算不算奇人奇事？绝不绝？众人都说绝，惟有牛凤章摇头，说他是骗子。其余人都不画画。隔行如隔山，隔行不认真，隔行气也和。乔六桥笑道："嘛都没见着，靠骗能骗出这么大名气，也算绝了。"牛凤章这才点头。于是又多一绝，加起来已经三绝了。

　　今儿是大年十四，乔六桥、牛凤章、陆达夫等几位都闲着没事，在归贾胡同的义昇成饭庄摆一桌聚聚。陆达夫也是跟大伙常混在一堆儿的名士，也是莲癖，也是一肚子杂学。阅历文章却比乔六桥老帮得多。他个儿小，苹果脸，大褂只有四尺半，人却精气头大，走起路两条胳膊甩得高高。乔六桥三盅酒进了肚子，就说单吃喝没劲，蹦出个主意，要大伙聊聊天津卫的奇人怪事，凑出"津门四绝"来。这主意不错，东扯西扯，话勾着酒，酒勾着话，嘻嘻哈哈就都喝得五体流畅红了脸。可第四绝难凑出来。牛凤章说：

　　"这第四绝，依我看，该给养古斋的佟大爷。咱不说他看古董的能耐,小脚的学问谁能比,顶了天!"

乔六桥笑着说:"真是吃人嘴短,他买你假画,你替他说话……提到小脚,我看他家够上小脚窝,哪个都值捏一捏。"他的酒有点过量,说得脑袋肩膀脖子小辫一齐摇晃。

牛凤章说:

"这话您只说对一半。他家小脚双双能叫绝。可这些小脚哪来的,还不都是他看中的?拿看古董的眼珠子选小脚,还有挑?不是我巴结他——他又没在场,我怎么巴结他——他那双眼称得上神眼。头年,一幅宋画谁也没认出来,当假画当破纸买进铺子,可叫他站在十步开外一眼居然把款看出来,在树缝里,是藏款。"

"好家伙!他家有宋画!你也看见了?"乔六桥说。

"不不不!"牛凤章失了口,摇着双手说,"没瞧见,影儿没瞧见,都是听人说的,谁知确不确。你甭去问他,再说问他也不会告你。还是说说他家小脚来劲。"

"没想到牛五爷小脚的瘾比我还大。好,你跟他家近,我问你,佟大爷到底喜欢谁的小脚?"

"我不说,你也猜不着。"牛凤章笑眯眯地说。看样子他不轻易说。

乔六桥叫道:"好呀!你不说,把你灌醉就说了。陆四爷,来,灌他!"一手扯牛凤章耳朵,一手拿酒壶。其实灌酒该掰嘴,揪耳朵干嘛?没灌别人自个先醉了!这手扯得牛凤章直叫,那手的酒壶也歪了,酒打壶嘴流出来,滴滴答答溅满菜盘子。

陆达夫仰着脑袋大笑:

"说不说没嘛,灌一灌倒好!"

牛凤章呀呀叫着说:

"我耳朵不值钱可连着脑袋呢,扯下来拿嘛听,呀呀……我说我说,先撒手就说!"

乔六桥叫着笑着闹着扯着:

"你说完,我再撒手!"

"你可得说了算,我说——先前,他最喜欢他老婆的,听说是双仙足。那时我还不认识佟家,没见过那脚。他老婆死后……他……他……"

"怎么,又是吃人嘴短?快说,是大少奶奶还是二少奶奶的?"

"六爷真是猫拿耗子管闲事。人家两个媳妇守寡在家,另一个媳妇又不准她爷们儿回去,还不随他今天这个明天那个。嘻!"

"去!佟大爷是嘛修行,当你呢!弄不透小脚就弄不透佟大爷,弄不透佟大爷就弄不透小脚。牛五爷你再不说,我使劲扯啦!"

"别别,我说。他一直喜欢他……他那老妈子!"

"嘛!""嘛!""嘛嘛!"一片惊叫。

"潘妈?那肥婆子?不信,要说那几个小丫头我倒信。"

"骗你,我是你小辈。"

"呀,这可没料到,"乔六桥手一松,放了牛凤章耳朵,"那猪蹄子好在哪儿。别是佟大爷爱小脚爱得走火入邪了?"

"乔六弟,你可差着火候了。小脚好坏,更看脚上的玩意儿。你又没玩过,打哪知道?"陆达夫又说又笑好开心,单手刷刷把马褂一排蜈蚣扣全都解开。

乔六桥还是盯住牛凤章问:

"这话要是佟家二少爷告你的,就靠不住了。那次赛脚后,二少奶奶不叫他着家,他总在外边拿话糟蹋他爹。"

牛凤章说:

"告你吧,可不准往外传。砸了我饭碗我就跑你家吃去。这话确是佟二少爷告我的,可远在两年前。信了吧!"

乔六桥先一怔,随后说:

"我向例不信佟家的话。老的拿假当真的,小的满嘴全是假的。"

这话音没落,就听背后一人高声说:

"什么真的假的,我反正不折腾假货!"

大伙吓一跳,以为佟大爷忽然出现。牛凤章一慌差点出溜到桌子下边去,定住神一瞧,却是一个瘦长老头,湖蓝色亮缎袍子,外套羔皮短褂子,玄黑暗花锦面,襟口露出出针的白羊毛,红珊瑚扣子,给铜托托着,赛一颗颗鲜樱桃,头戴顶大暖帽,精神派头都挺足。原来是山西的吕显卿,身后跟着个穿戴也考究的小胖子。

"恭喜发财,居士,前天就听说您来了。必是专门赶着来看明儿佟家的赛脚会吧!真是好大的瘾呀!"乔六桥打着趣儿说。

"哪里是。我是来取……"吕显卿一眼瞅见牛凤章垂在下边的手,使劲朝他摇,转口变作笑话说,"向佟大爷取小足经来呀,什么事你们谈得好快活。"

大伙相互一客气,坐下了。吕显卿并不跟这些人介绍随来的小胖子。这些人都是风流才子,多半都醉,谁也没在意。乔六桥急着把刚刚议论"津门四绝"的话说了,便问:

"居士,依您看,我们的佟大爷够不够一绝?"

吕显卿琢磨一下说:

"平心而论,这人够怪,够不够怪绝还难说。才跟他见一面,不摸他的底。这样吧,明儿他家赛脚,咱都去。我料他既然这样三请四邀下帖子,必有令人意想不到的阵势。上次跟他斗法,一对一,没胜没败,这次他要叫我吕某人服了——我就在大同给他挂一号,天津这里当然就得算一绝了!"

"好好好,绝不绝,外人说。"乔六桥叫道。跟着鸡鸭鱼肉又要一桌,把荤把素把酒把油把汤把劲,填满一肚子,预备明儿大尽兴。

第八回　如诗如画如歌
　　　　　如梦如烟如酒

　　大早一睁眼，小雪花就没完没了。午后，足足积了两寸厚，地上、墙沿、缸边、石凳面、栏杆，都松松软软。粗细树杈全赛拿粉勾一遍，粗的粗勾，细的细勾。鲜鲜腊梅花儿，每朵都赛含一口白棉糖。

　　今儿是灯节，佟家两扇大门关得如同一扇。串门来的拍门环，守在门洞里一个小用人，截门就喊一嗓子：

　　"全瞧灯去啦，家没人！"

　　其实人都在家，媳妇们在房里收拾脑袋道饰脚，小丫头们在廊子上走来走去，往各房送热水送东西送吃的送信儿。个个穿鲜戴艳，脸上庄重小心，又赛大年三十夜拜全神那阵子那劲头。

　　这当儿，佟忍安正在前厅，陪着乔六桥、华琳、牛凤章、陆达夫和山西来的爱莲居士吕显卿喝茶说话。几位一码全是新衣新帽，牛五爷没戴帽子却刚刚剃过头，瓢赛的光溜溜。乔六爷也不比平时那样漫不经心，大襟上没褶，扣也扣得端正，看上去赛唱戏一样。

这次不比上次，大冬天门窗全闭着，人中间放着大铜盆，盆里的火炭打昨后响烧个通宵，压也没压过，此刻烧得正热。隔寒气的玻璃都热得冒汗，滴答水儿。迎面红木大条案上摆着此地逢年必摆的插花，名叫"玉堂富贵"。是拿朱砂海棠白碧桃各一枝，牡丹四朵，水仙四头，杂着样儿色儿，栽在木槽子里。红是红白是白黄是黄绿是绿高是高矮是矮大是大小是小，没风吹，却一种种香味替换着飘过来。打这人鼻眼儿钻出来，再钻进那人鼻眼儿去。好不快活好不快活！

乔六桥一口茶下去，美滋滋咂咂嘴说：

"佟大爷，今儿这茶好香，可是打正兴德买的？"

佟忍安说：

"正兴德哪来这样好茶？这是我点名打安徽弄来的。一般茶喝到二碗才有味儿，这茶热水一冲味儿色儿全出来了。不信，你们就相互瞧瞧，赛不赛蹲在荷花塘里照得那色，湛绿湛绿。它不单喝着香，三碗过后，再把茶叶倒进嘴嚼，嫩得赛菠菜心子。"

乔六桥瞧众人脸，忽叫道：

"可不是，大伙快瞅牛五爷的脸，活赛阴曹地府的牛头，碧绿！"

众人一齐哈哈哈哈大笑。陆达夫笑得脑袋使劲往后仰，喉结在脖子上直跳。

牛凤章晃着大脑袋说：

"牛肉是五大荤。驴、马、狗、骡、牛，各位不嫌腻，自管来吃我！"

陆达夫说：

"要吃快吃，立春过后再杀牛，就得'杖一百，充乌鲁木齐'了！"

众人又是笑。

佟忍安偏脸朝吕显卿说：

"您喝这茶名叫'太平猴魁',居士可知它的来历？"

吕显卿摇头没言语。他和佟忍安一直暗较劲,谁摇头谁就窘。

乔六桥说：

"这茶名好怪,八成有些趣事。"

佟忍安正等这个话引子。马上说：

"叫六爷说着了——这是安徽太平产的茶。据说太平县有石峰,高百丈,山尖生茶,采茶人上不去,就驯养一群猴子,戴小竹帽,背小竹篓,爬上去采。所以叫'太平猴魁'。这茶来得稀罕吧！再说它长在山尖上,整天叫云雾煨着,味儿自然空灵清远。"

"空灵清远这四个字用得好,"华琳忽说,他手指着茶,眼珠子却没瞧茶,"难得人间有这好茶,可惜没这样好画！"

佟忍安说：

"今儿我可不是把茶和画配一块儿,而是拿它和小脚配一块儿的。"

吕显卿抓住话茬就说："佟大爷,您上次总开口闭口说什么神品。眼见为实耳听虚,要说这茶倒有股子神劲,小脚的神品还没见着。可就等今儿赛脚会上看了,要是总看不着,别怪我认为您佟家'眼高'——'脚低'了。"说完嘿嘿笑,赛打趣儿,又赛找茬儿。

佟忍安听罢面不更色,提起小茶壶,拿指头在壶肚上轻轻敲三下。应声忽然哗啦哗啦一阵响,通向三道院的玻璃隔扇全打开,一阵寒气扑进来。热的凉的一激,差不多全响响地打喷嚏。这几下喷嚏,反倒清爽了。只见外边一片银白雪景,又静又雅。吕显卿抬起屁股急着出去瞧。佟忍安说："居士稍安勿躁,这次变了法儿,不必出屋,坐着看就行。各位只要穿戴暖和,别受凉冻了头。"众人全都起来,有的拿外边的大氅斗篷披上,有的打帽筒取上帽子戴上。

嘛声儿没有,又见潘妈已经站在廊子上。还是上下一身皂,只在发箍、襟边、鞋口,加了三道黄边。这三道就十分扎眼。黑缎裹腿打脚脖子人字样紧绷绷直缠到膝盖下边,愈显出小脚,钉头一般戳在地上。乔六桥忽想到昨儿在义昇成牛五爷的话,着意想打这脚上看出点邪味来。

愈想看愈看不出来。回头正要请教陆达夫,只见佟忍安朝门口潘妈那边点点头,再扭过头来潘妈早不见了。好赛一阵风吹走。跟着一个个女子,打西边廊子走来,走到门前,或停住俏然一立,或左右错着步转来转去绕两圈,或半步不停行云流水般走过,却都把小脚看得清也看不清闪露一下。这些女子牛五爷全都认得,是桃儿凤儿珠儿,还有个新来的小丫头草儿。四少奶奶压场在顶后边。个个小脚都赛五月节五彩丝线缠的小粽子,花花绿绿五光十色一串走过。已经叫诸位莲癖看花了眼。陆达夫笑着说:

"这场面赛过今年宫北大街的花灯了!"

"我看是走马灯,眼珠子跟不上,都快蹦出来了!"乔六桥叫着。

座中只有吕显卿和华琳不吭声。不知口味高还是这样才显得口味高。

忽然潘妈上来说:

"大少奶奶头晕,怕赛不了。"

众人一怔,佟忍安更一怔,瞅瞅潘妈,似是不信。潘妈那张石头脸上除去横竖折子,嘛也看不出来。佟忍安口气发急地说:

"客人都等着,这不叫人家扫兴!"

潘妈说:

"大少奶奶说,请二少奶奶先来。"

佟忍安手提小茶壶嘴对嘴慢慢饮,眼珠子溜溜直转,忽冒出光,忙点头对潘妈说:

"好,去请二少奶奶先来亮脚。"

潘妈一闪没了。

只等片刻,打西厢房那边站出四个女子,身穿天蓝水绿桃红月黄四样色的衣裙,正是桃儿凤儿珠儿草儿,一人一把长杆竹扫帚,两人一边,舞动竹帚,齐刷刷,随着雪雾轻扬,渐渐开出一条道儿,黑黑露出雪下边的方砖地,直到这边门前台阶下。丫环们退去,门帘一撩,帘上拴的小银铃叮叮一响,白金宝大火苗子赛地站在房门口。只见她一身朱红裙褂,云字样金花绣满身,外披猩红缎面大斗篷,雪白的羊皮里子,把又柔又韧又俏又贼的身段全托出来。这一下好比戏台上将帅出场，看势头就是夺魁来的！头发高高梳个玉笋朝天髻，抓髻尖上插一支金簪子，簪子头挂着玉丰泰精制的红绒大凤，凤嘴叼着串珠。每颗珠子都是奇大宝珠，摇摇摆摆垂下来，闪闪烁烁的珠子后头是一张红是红、白是白、艳丽照人的小脸儿。可她站在高门坎里，独独不见小脚。乔六桥、牛凤章、陆达夫，连同吕显卿，都翘起屁股，伸脖子觍脸往里瞧。

瞧着，瞧着，终于瞧见一只金灿灿小脚打门坎里迈出来，好赛一只小金鸡蹦出来。立即听到乔六爷一声尖叫，嗓子变了调儿。打古到今，没人见过小金鞋，是金线绣的，金箔贴的，纯金打的，谁也猜不透。跟手另一只也迈到门坎外边，左挨右，右挨左，并头并跟立着，赛一对小金元宝摆在那里。等众人刚刚看好，便扭扭摆摆走过来，每一步竟在青砖地上留下个白脚印。这是嘛，脚底没雪，哪来的白印子？白金宝一直走上这边台阶。众人眼珠子跟在她脚跟后边细一看，地上居然是粉印的白莲花图案，还有股异香扑鼻子。一时众人都看傻了。吕显卿站起来恭恭敬敬躬身道：

"二少奶奶，我爱莲居士自以为看尽天下小脚小鞋，没料到在您跟前才真开了眼。您务必告我，这银莲怎么印在地上的。您要是不叫我在外边说，我担保不说，什么时候说了，什么时候我就把我的姓倒着写。"

乔六桥叫着：

"别听他的，'吕'字倒过来还是'吕'字！"

吕显卿连忙摇手说：

"别听六爷的！他是念书的，心眼儿多，我们买卖人哪这么多心计。您只要不信，告了我，我马上把舌头割去！"

陆达夫取笑道：

"割了舌头，你还会拿笔写给别人看。"

"说完干脆就把他活埋了。"乔六桥说。

众人笑。吕显卿好窘，还是要知道。

白金宝见戈香莲不露面，不管她真有病还是临阵怯逃，自己上手就一震到底，夺魁已经十拿九稳，心里高兴，便说：

"还能叫居士割舌头，您自管张扬出去我也不在乎。我白金宝有九十九个绝招，这才拿出一招。您瞧——"

白金宝坐在凳上，把脚腕子撂在另一条腿上，轻轻一掀裙边，将金煌煌月弯弯小脚露出来，众人全站起身，不错眼盯着看。白金宝一掰鞋帮，底儿朝上，原来木底子雕刻一朵莲花，凹处都镂空，通着里边。她再打底墙子上一拉，竟拉出一个精致小抽屉，木帮，纱网做底，盛满香粉。待众人看好，她就把抽屉往回一推，放下脚一踩一抬，粉漏下来，就把鞋底镂刻的莲花清清楚楚印在地上了。

众人无不叫绝。

吕显卿也禁不住叫起来：

"这才叫'步步生莲花'，妙用古意！妙用古意！出神入化！出神入化！佟大爷，我今儿总算懂得您说的'神品'二字是……"

吕显卿说到这儿，不知不觉绊住口。只见佟忍安直勾勾望向院中，眼珠子刷刷冒光。看来好赛根本没听到吕显卿的话，回过头却摇脑袋说："你这见的，最多不过是妙品！"这话叫满屋人，连同白金宝都怔住。

吕显卿才要问明究竟，乔六桥忽指着院里假山石那边，直叫："看，看，那儿是嘛？"他眼尖。牛凤章把眼闭了又睁，几次也看不见。

没会儿，众人先后都瞧见，那堆山石脚下有两个绿点儿，好赛两个刚破土的嫩笋尖儿。大冬天哪来的春笋？但在白雪地里，点点红梅间，这绿又鲜又嫩又亮又柔又明眼又扎眼又入眼。嘛东西呢？不等说也不等问，两绿点儿一波一动，摇颤起来，又赛水上漂的叶片儿，上边正托着个女子，绕出山石拐角处，修竹般定住不动。一件银灰斗篷裹着身子，好赛石影，低头侧视，看不见脸。来回来去轻轻挪几步，绿色就在裙底忽闪忽闪，才知道是双绿鞋，叫人有意无意把眼神都落在这鞋上。天寒地冻，红梅疏落，这绿色立时使得满院景物都活起来。

吕显卿入了迷，却没看出门道。乔六桥究竟是才子，灵得很，忽有醒悟，惊叫道：

"这是'万翠丛中一点红'的反用,'万红丛中一点翠'!"

这句话把众人眼光,引上一个台阶。

可是一晃绿色没了,人影也没了。院子立时冷清得很,梅也无色,雪也无光。众人还没醒过味儿来,更没弄清这人是谁,连白金宝也没看明白,东厢房的房门"哗啦啦"一开,那披斗篷的女人走出来,正是戈香莲。她两手反过腕儿向后一甩,甩掉斗篷,现出一身世上没有画上也没有的打扮。再看那模样韵致气度风姿神态,这个香莲与上次赛脚的香莲哪里还是一个人儿?白金宝也吓一跳,竟以为香莲耍花活找个替身!

先说打扮,上边松松一件月白丝绸裇子,打前襟右下角绣出一枝桃花,花色极淡,下密上疏,星星点点直上肩头,再沿两袖变成一片落瓣,飘飘洒洒向袖口。单这桃花在身上变了两个季节,绝不绝?袖口领口镶一道藤萝紫缎边,上边补绣各色蝴蝶,一码银的。下身是牙黄百褶罗裙,平素没花,条条褶子折得赛折扇一样齐棱棱。却有一条天青丝带子,围腰绕一圈,软软垂下来,就赛风吹一条柳条儿挂在她腰上。再说她脸儿,粉儿似擦没擦,胭脂似涂没涂,眉毛似描没描,这眉毛淡得好比在眼睛上边做梦。头发更是随便一卷,在脑袋上好歹盘个香瓜髻,罩上黑线网,没花没玉没金没银更没珍珠。打上到下,颜色非浅即淡,五颜六色,全给她身子消溶了。这股子疏淡劲儿慵懒劲儿自在劲儿洒脱劲儿,正好给白金宝刚刚那股子浓艳劲儿精神劲儿玩命劲儿紧绷劲儿,托出来,比出来。这股子与世无争的劲儿反叫人看高了。世上使劲常常给别人使,真是累死自己便宜别人。还说戈香莲这会儿——她脸蛋斜着,眼光向下,七分大方,三分羞怯。直把众人看得心里好赛小虫子爬,痒痒痒痒却抓不着。更尤其,人人都想瞧她小脚,偏偏给百褶裙盖着。一路轻飘飘走来,一条胳膊斜搭腰前,一条胳膊背在身后,腰儿一走一摆,又弱又娇,百褶裙跟着齐齐摇来摆去,可无论怎么摆怎么摇,小脚尖绝不露出半点。直走到阶前停住,把背在后边的手伸向胸前,胳膊一举,手一张,掌心赛开出一朵黑黑大花,细看却是个黑毛大毽子。陆达夫好似心领神会,大叫一声:

"好呀，这招叫人美死呀！"

香莲把毽子向空中一抛，跟手罗裙一扬，好赛打裙底飞出一只小红雀儿，去逮那毽子，毽子也赛活的，一逮就蹦，这只小红雀刚回裙底，罗裙扬处，又一只小红雀飞出去逮。那毽子每一腾空飞起，香莲仰头，露出粉颈，眼睛光闪闪盯住那毽子，与刚才侧目斜视的神气全不同了；毽子一落下，立即就有只小红雀打裙底疾飞而出，也与刚才步履轻盈完全两样。只见百褶罗裙来回翻飞，黑毛大毽子上下起落，两只小雀一左一右你出我回出巢入巢，十分好看。众人才知这对小雀是香莲一双小脚。原先那双绿鞋神不知鬼不觉换了红鞋，才叫人看错弄错。亏她想得出，一身素衣，两只红鞋，外加黑毛大毽子，还要多爽眼！

舞来舞去的小红鞋，看不准看不清却看得出小。尖、巧、灵，每只脚里好赛有个魂儿。忽地，香莲过劲，把毽子踢过头顶，落向身后，众人惊呼，以为要落地。白金宝尖嗓子高兴叫一声："坏了！"香莲却不慌不忙不紧不慢来个鹞子翻身，腰一拧，罗裙一转，一脚回勾底儿朝上，这式叫作"金钩倒挂"，拿鞋底把毽子弹起来，黑乎乎返过头顶，重新飘落身前，另只脚随即一伸，拿脚尖稳稳接住。这招为的是把脚亮出来，叫众人看个满眼。好细好薄好窄好俏的小脚，好赛一牙香瓜。可好东西只能给人瞧一眼。香莲把脚轻巧一踮，毽子跳起来落回手中，小脚重新叫罗裙盖住。

香莲又是亭亭立着，眼神不瞧众人羞答答斜向下瞧。刚刚那阵子蹦跳过后，胸口一起一伏微微喘，更显得娇柔可爱。

厅内外绝无声息死了半天，这时忽然爆起一阵喝彩。众莲癖如醉如狂，乔六桥高兴得手舞足蹈，叫人以为他假装疯魔瞎胡闹；陆达夫脸上没笑，只有傻样；牛凤章眼神不对，好赛对了眼一时回不了位；华琳的傲气也矮下一截。乔六桥闹一阵，静下来，叹口气说：

"真是如诗如画如歌如梦如烟如酒，叫人迷了醉了呆了死也值了。小脚玩到这份儿，人间嘛也可以不要了！"

众莲癖听罢一同感慨万端。

吕显卿对佟忍安说：

"昨儿乔六爷他们议论'津门一绝'，把您归在里边，老实说，我还不服。今儿我敢说，您不单津门一绝，天下也一绝！这金莲出海到洋人那边保管也一绝！洋女人的脚，一比，都是洋船呵！"

"居士，你们内地人见识有限。那不叫洋船，叫洋火轮！"陆达夫叫着。

佟忍安满脸冒光，叫人备酒备菜，又叫戈香莲和白金宝、董秋蓉陪客人说话。可再一瞧，白金宝不在了，桃儿要去请她，佟忍安拦住桃儿只说句："多半绍华回来罢，不用管她！"就和客人们说笑去了。很快酒肉菜饭点心瓜果就呼噜呼噜端上来。此时是隆冬时节，正好吃"天津八珍"。银鱼、紫蟹、铁雀、晃虾、豆芽菜、韭黄、青萝卜、鸭梨。都是精挑细拣买来加上精工细制的，黄紫银白朱红翠绿，碟架碟碗罗碗摆满一桌。

酒斟上刚喝，陆达夫出个主意，叫香莲脱下一只小鞋，放在三步开外地方，大伙拿筷子往里扔，仿照古人"投壶"游戏，投中胜，投不中输罚一大杯。众莲癖马上响应，都说单这主意，就值三百两银子。只怕香莲不肯。香莲却大方得很，肯了。脱鞋之时，众莲癖全都盯着看脚，不想香莲抿嘴微微一笑，没撩裙子，双手往下一抄，海底捞月般，打裙底捧上来一只鲜红小鞋，通体红缎，无绣无花，底子是檀木镟的，鞋尖弯个铜钩儿，式样很是奇特。吕显卿说：

"底弯跟高，前脸斜直，尖头弯钩，古朴灵秀，这是燕赵之地旧式坤鞋。如今很少见到，也算是古董了。是不是大少奶奶家传？"

香莲不语，佟忍安嘿嘿两声，也没答。

潘妈在旁边一见，立时脸色就变，一脸折子，"扑啦"全掉下来，转身便走，一闪不见。大伙乱糟糟，谁也没顾上看到。

小红鞋撂在地上，一个个拿筷子扔去。大伙还没挨罚就先醉了。除去乔六桥瞎猫撞死耗子投中一支。牛凤章两投不中，罚两杯。佟忍安一支筷子扔在跟前，另一支扔到远处铜痰筒里，罚两杯。吕显卿远看那小小红鞋，魂赛丢了，手也抖，筷子拿不住，没扔就情愿罚两杯。几轮过后，筷子扔一地，小鞋孤零零在中间。佟忍安说：

"这样玩太难，大伙手都不听使唤，很快都给罚醉，扫了兴致，陆四爷，咱再换个玩法可好？"

陆达夫马上又一个主意。他说既然大伙都是莲癖，每人说出一条金莲的讲究来，说不出才罚。众莲癖说这玩法更好，既风雅又长学问，于是起哄叫牛凤章先说。

"干嘛？以为我学问跟不上你们？"牛凤章站起来，竟然张口就说，"肥、软、秀。"

乔六桥问：

"完啦？"

"可不完啦！该你说啦！"

"三个字就想过关，没门儿，罚酒！"

"哎，我这三个字可是在本的！"牛凤章说，"肥、软、秀，这叫'金莲三贵'，笠翁李渔的话。你问佟大爷是不。学问大小不在字多少，不然你来个字多的！"

"好，你拿耳朵听，拿嘴数着——先说'金莲二十美'，二十字，瘦小香软尖，轻巧正贴弯，刚折削平温，稳玉敛匀乾。再说字更多的'香莲三十六品'，三十六字，平正圆直曲窄纤锐稳称轻薄安闲妍媚韵艳弱瘦腴润隽整柔劲文武爽雅超逸洁静朴巧。这也都是书上的，不算能耐，今儿给你说说六爷自个儿创的。我这叫'金莲二十四格'。这二十四格分作形、质、姿、神四类，每类六字，四六正好二十四。形为纤、锐、短、薄、翘、称；质为轻、匀、洁、润、腴、香；姿为娇、巧、艳、捷、稳、俏；神为闲、文、超、幽、韵、淡。"

吕显卿说：

"有见识有见识，尤其这'神'类六个字，若不是今儿见到大少奶奶的脚，怕把吃奶的劲使出来也未必能懂。可这中间唯'淡'一字……还觉得那么飘飘忽忽的。"

乔六桥说：

"哪里飘忽，刚才大少奶奶在石头后边一场，您还品不出'淡'味儿来？淡雅淡远淡泊淡漠，疏淡清淡旷淡淡淡，不是把'淡'字用绝了吗？"

这山西人听得有点发傻，拱拱手说："乔六爷不愧是天津卫大才子，张嘴全是整套的。好，我这儿也说一个。叫作'金莲四景'，不知佟大爷听过没有？"他避开满肚子墨汁的乔六桥，扭脸问佟忍安。还没忘了老对手。

"说说看，"佟忍安说，"我听着。"

"缠足，濯足，制履，试履。怎么样？哈哈！"吕显卿嘴咧得露黄牙。

在座的见他出手不高，没人接茬。只有造假画的牛凤章连连点头说："不错不错！"佟忍安连应付一下的笑脸也没给。他瞧一眼香莲，香莲对这山西人也满是瞧不上的神气。华琳的眼珠子狠命往上抬，都没黑色了，更瞧不上。牛凤章见了，逗他说：

"华七爷，别费劲琢磨了，您也说个绝的，震震咱耳朵！"

华琳淡淡笑笑，斜着眼神说：

"绝顶金莲，只有一字诀，曰：空！"

众莲癖听了大眼对小眼，不知怎么评论这话的是非。

牛凤章把嘴里正嚼着的铁雀骨头往地上一唾，摇手说：

"不懂不懂！你专拿别人不懂的唬弄人。空无一有叫嘛金莲？没脚丫子啦？该罚，罚他！"

没料到香莲忽然说话：

"我喜欢这'空'字！"

话说罢，众莲癖更是发傻，糊涂，难解费解不解无法可解。佟忍安那里也发怔，真赛这里边藏着什么极深的学问，没人再敢插嘴。

陆达夫哈哈笑道：

"我可不空，说得都是实在的。我这叫'金莲三上三中三下三底'。

你们听好了，三上为掌上、肩上、秋千上，三中为醉中、睡中、雪中，三下为帘下、屏下、篱下，三底为裙底、被底、身底……"

乔六桥一推陆达夫肩膀，笑嘻嘻说：

"陆四爷你这瞒别人瞒不了我。前边三个三——三上三中三下，是人家方绚的话，有书可查。后边那三底一准是你加的。为嘛？陆四爷向例不吃素，全是荤的！"

陆达夫大笑狂笑，笑得脑袋仰到椅子靠背后边去。

轮到佟忍安，本来他开口就说了，莫名其妙闷住口。事后才知，他是给华琳一个"空"字压住了，这是后话。眼下，佟忍安只说："我无话可说，该罚。"一扬脖，把眼前的酒倒进肚里，随后说："又该换个玩法，也换换兴致！"

众莲癖知道小脚学问难不倒佟忍安，只当他不愿胡扯这些不高不低的话。谁也不勉强他。乔六桥说：

"还是我六爷给你们出个词儿吧——咱玩行酒令，怎么样？规矩是，大伙都得围着小脚说，不准扯别的。就接'江南好'牌子，改名叫'金莲好'，每人一阕，高低不论，合仄押韵就成。咱说好，先打我这儿开始，沿桌子往左转，一个挨一个，谁说不出就罚谁！"

这一来，众莲癖兴趣又提到脑袋顶上。都夸乔六桥这主意更好玩更风雅更尽兴。牛凤章忙把几块坛子肉扒进肚子里，垫底儿，怕挨罚顶不住酒劲儿。

"金莲好！"乔六桥真是才子，张口就出句子，"裙底斗春风，钿尺量来三寸小，袅袅依依雪中行，款步试双红。"

"好！"众莲癖齐声叫好。乔六桥手指"嗒！"一弹牛凤章脑袋就说："别塞了，该你啦！"

"我学佟大爷刚才那样，喝一杯认罚算了！"牛凤章说。

"不行，你能跟佟大爷比？佟大爷人家是天津卫一绝。你这牛头哪儿缺？你要认罚，得喝一壶。"乔六桥说。

众人齐声叫："对！"

牛凤章给逼得挤得憋得抓耳挠腮，直翻白眼，可不知怎么忽然蹦出这几句：

"金莲好，大少奶奶脚，毽子踢得八丈高，谁要不说这脚好，谁才喝猫尿！"

这话一打住，众莲癖哄起一阵疯笑狂笑，直笑得捂肚子掉眼泪前仰后合翻倒椅子，华琳一口茶噗地喷出来。

"牛五爷这几句，别看文气不够，可叫大少奶奶高兴！"吕显卿说。

直说得香莲掩口咯咯笑，笑得咳嗽起来。

牛凤章得意非凡，一把将正在咬螃蟹腿儿的陆达夫拉起来，叫他马上说，不准打岔拖时候，另只手还端起酒壶预备罚。谁料陆达夫好赛没使脑袋，单拿嘴就说了：

"金莲好，入夜最销魂，两瓣娇荷如出水，一双软玉不沾尘，愈小愈欢心。"

香莲听得羞得臊得扭过脸去。乔六桥说："不雅，不雅，该罚该罚！"众莲癖都闹着灌他。

陆达夫连连喊冤叫屈说："这叫雅俗共赏。雅不伤俗，俗不伤雅，这几句诗我敢写到报上去！"他一边推开别人的手，一边笑，一边捂嘴不肯认罚。

乔六桥非要灌他不可。这会儿，人人连闹带喝，肚子里的酒逛荡上头，都想胡闹。陆达夫忽起身大声说：

"要我喝不难，只一条，依了我喝多少都成！"

"嘛？说！"乔六桥朝他说，赛朝他叫。

"请大少奶奶把方才做投壶用的小鞋借我一用。"陆达夫把手伸向香莲。

香莲脱了给他，不知他干嘛用。却见陆达夫竟把酒杯放进鞋跟里，杯大鞋小，使劲才塞进去。"我就拿它喝！"陆达夫大笑大叫。

"这不是胡来？"牛凤章说，扭脸看佟忍安。

佟忍安竟不以为然，反倒开心地说：

"古人也这么做，这叫'采莲船'，以鞋杯传酒，才真正尽兴呢！"

这话一说，众莲癖全都不行酒令，情愿挨罚。骂陆达夫老奸巨猾，世上事真是"吓死胆小的，美死胆大的"。愈胡来愈没事，愈小心愈来事。五脏六腑里还是胆子最有用！于是大伙打陆达夫手里夺过鞋杯，一个个传着抢着争着霸着，又霸又争又抢又夺，斟满就饮，有的说香，有的说醉，有的说不醉，还喝。乔六桥夺过鞋杯捧起来喝，两手突然一松，小鞋不知掉到哪里。人都往地上看地上找，忽然陆达夫指着乔六桥大笑，原来小鞋在乔六桥嘴上，给上下牙咬着鞋尖，好赛叼着一只红红大辣椒！

第九回　真是真人不露相

　　这歪歪扭扭小人儿，头顶瓜皮小夹帽，一副旧兔皮耳套赛死耗子挂在脑袋两边，胳肢窝里夹着个长长布包。冻得缩头缩脖缩手缩脚，拿袖子直抹清鼻涕汤子。小步捯得贼快，好赛条恶狗在后边追。一扭身，咊地扎进南门里大水沟那片房子，左转三弯，右转两弯，再斜穿进条小夹股道。歪人走道，逢正变斜，逢斜变正。走这小斜道身子反变直了一般。

　　他站在一扇破门板前，敲门的声儿三重一轻，连敲三遍，门儿才开。开门的是牛凤章，见他就说：

　　"哎！活受！你小子怎么才来，我还当你掉臭沟里了呢，人家滕三爷等你好半天！"

　　活受呼哧呼哧喘，嗓子眼儿还咝咝叫，光张嘴说不出话。牛凤章说："甭站在这儿呼哧啦，小心叫人瞧见你！"引活受进屋。

　　屋里火炉上架一顶大铁锅，正在煮画。牛凤章给热气蒸得大脸通红发紫，真赛鼓楼下张官儿烧的酱牛头，那边八仙桌旁坐着胖人，一看就知保养得不错，眼珠子、嘴巴子、手指肚儿、指甲盖儿，哪儿哪都又鼓又亮。穿戴也讲究。腰间绣花烟壶套的丝带子松着，桌上立着个挺大的套蓝壶，金镶玉的顶子，还摆个瓷烟碟，碟子上一小撮鼻烟。活受打眼缝里一眼看出这烟碟是拿宋瓷片磨的，不算好货。

这位滕三爷见活受，满脸不高兴，活受嘴不利索，话却抢在前头："铺织（子）有锅（规）矩，正（真）假不能湿（说）。杏（现）在跟您湿（说）实在的，您扰（几）次买的全是假的……"说到这儿，上了喘，边喘边说，"您蛇（谁）也不能怨，正（真）假全凭自己养（眼），交钱提货一出摸（门），赔脑袋也认头……今儿是冲牛五爷面织（子），您再掏儿（二）百两，这轴大涤子您拿赤（去），保管头流货……"说着打开包儿又打开画儿，正是前年养古斋买进的那张石涛真迹。

滕三爷两眼珠子在画上转来转去，生怕再买假，便瞧一眼牛凤章，求牛凤章帮忙断真假。牛凤章造惯假画，真的反倒没根，反问活受：

"这画确实经佟大爷定了真的？可别再坑人家滕三爷了。三爷有钱，也不能总当冤大头。自打山西那位吕居士介绍到你们铺子里买古董，拿回去给行家一瞧就摇头。这不是净心叫人家倾家荡产吗？活受，俗话可是说，坑人一回，折寿十岁！"

"瞧您湿（说）的……要是假的，河（还）不早墨（卖）了……这画撂在沽（库）里，我看湿（守）它正正乐（两）年半……"

"你把这画偷着拿出来，不怕你们佟大爷知道？"滕三爷问。

"这好布（办）……我想好了，请牛五爷织（造）轴假的，替出这轴真的耐（来）……"

牛凤章冷笑道："打得好算盘。钱你俩赚，毁就毁我！谁能逃出佟大爷那双眼，他不单一眼就看出假，还能看出是我造的！"他手一摆说："我老少三辈一家子人指我吃饭呢。别坑完滕三爷再来坑我！"

"这也好布（办），我有……夫（法）子。"活受脸上浮出笑来。

"嘛法儿？"牛凤章问。他盯着活受的眼，可怎么也瞧不见活受的眼珠子。

活受没吭声。牛凤章指着滕三爷说：

"人家花钱，你得叫人家心明眼亮。死也不能当冤死鬼！"

活受怔了怔，还是说：

"古董行的事，湿（说）了他未必明白。不管佟家铺织（子）坑没坑人，我活受保管不坑滕三爷就是了……"

牛凤章听出活受有话要瞒着滕三爷，就改了话题说：

"这画要造假，至少得在我这儿撂个把月，少掌柜要是找不着它不就坏事了？"

活受再一笑，小眼几乎在脸上没了。他说：

"少掌柜哪河（还）有兴（心）管画。"

"怎么？"滕三爷是外人，不明白。

"您问牛五爷，佟家事，他情（全）知道。自打灯节那条（天）比脚，大少奶奶制（占）杏（先），二少奶奶玩完。佟家当下是大少奶奶天下。不光小丫头们都往大少奶奶屋里跑，佟大爷也往大少奶奶屋里跑，嘻嘻……二少爷没脏（沾）光脏（沾）一脚屎！二少爷二少奶奶两口子天天弄（闹），头夫（发）揪了，药（牙）也打掉了……"

"听吕居士说，你们大少奶奶本是穷家女人，能挑得起来这一大家子？"滕三爷问。

牛凤章说：

"滕三爷话不能这么说。人能，不分穷富。我看她——好家伙，要是男人，能当北洋大臣。再说……还有佟大爷给她坐劲。谁不听不服？"

"这佟家的事奇了，指着脚丫子也能称王！"滕三爷听得来劲，直往鼻眼抹鼻烟。

牛凤章笑道：

"小脚里头的事你哪懂？你要想开开眼，哪天我带你去见见世面，那双小脚，盖世无双，好赛常山赵子龙的枪尖！哎，吕居士头次带你来天津那天，我们在义合昇饭庄说的那些话你不都听到了？吕居士也心服口服称佟家脚是天下一绝！"

谁料滕三爷听罢嘴巴肉堆起来，斜觑着眼儿说：

"吕居士心服口服，我不准心服口服。老实跟您说，吕居士跟我论小脚，我在门里，他在门外。要不赛脚那天你们请我去，我也不去。我敢说，我能制服你们大少奶奶！"

"嘛？你？凭你的脚，大瓦片，大鸭子，大轮船。别拿自个开心啦！"牛凤章咧开嘴大笑。

"谁跟你胡逗，咱们动真格的。你今儿去跟佟家说好，明儿我就把闺女带去！"滕三爷正儿八经地说。

"嘛嘛，你闺女，在哪儿呢？我怎么没听说过。"

"在客店里，我把她带来逛天津了。你上京城里扫听扫听去，二寸二，可着京城我闺女也数头一份儿！"

"二寸二，是脚的尺寸？多大多大？"牛凤章瞪圆牛眼。

滕三爷拿手指头把烟壶捅倒，说：

"就这么大。你们大少奶奶比得了？"

"呀呀呀，天下还有这么大的脚，听也没听过。我不会儿得先瞧瞧去。我好歹也算个莲癖。你要叫我开开眼，我也叫你开开眼。我还藏着些真古董！"

牛凤章说着，站起身打开柜子，拿出一面海兽祥鸟葡萄镜，一尊黑陶熏炉，一块葫芦状的歙砚，半套失群的岫岩玉雕八仙人。只剩下吕洞宾、蓝采和、汉钟离、曹国舅四个，刻工却是一流，个个须眉手指襟带衣袂都有神气。滕三爷看花了眼，高兴得嚓嚓搓手心，活受在一旁不吭声，却看出来，这几件东西，只有那铜镜是块唐镜，炉子砚台全是假货。四个玉人是玩意儿，算不上古董物件。活受说：

"滕三爷，您织（真）拿葱（出）二寸二小脚，把我们大少奶奶压下秋（去），我担保少掌柜送个揪（周）鼎谢您。"

"这不难。你回去说好，明儿就登门拜访。"滕三爷说。

活受高高兴兴起身告辞。牛凤章他送到门外，带上门说：

"你刚才说有嘛法？造大涤子的假画，我可够呛，怕不像，顶多像五分……甭说五分，像三分就不错！"

活受凑上来，踮起脚跟立脚尖，嘴对着牛凤章扇风大耳朵磕磕巴巴，直把牛凤章说得嘴岔子咧得赛要裂开，吃惊地说：

"你小子能耐比我还大！"

他呆呆瞅着活受。那模样不知见鬼还是见神了。他不明白这半死不活的小子，打哪知道这些造假画的绝招！

这才叫真人不露相。真人真是不露相。

活受说：

"往喝（后）咱俩一秋（齐）干。您单会弄假的不成。我这叫半正（真）半假，有正（真）有假，想风（分）也风（分）不出来！"

"绝是绝，可我的心直扑腾，我怕佟大爷！"

"怕他干嘛？佟家人兴（心）思都在脚丫子上，没人锅（顾）得上铺织（子）。您再拨拨算泼（盘）珠子，这一张顶上您过去一本（百）张还不止……"

牛凤章牛眼立时一亮，来了胆子。只说："到时候你别咬我就成！"又嘀咕两句："你得留神，这大件东西拿进拿出，太招眼儿！"

活受又白又歪又光又凉的小脸上，一笑，蛮是瞧不起的神气，没接对方话茬，却说：

"你盯住滕三爷，明儿务布（必）叫他领闺女去。只要那二寸二腰（压）住大少奶奶，佟家又是一次大翻锅（个）儿，您就是把铺织（子）搬耐（来），也没人锅（顾）得上……"

牛凤章两眼发直，嘀咕着：

"可以假换真这事，我还是有点拿不准。"

活受已经给他瞧后背了。

第十回　白金宝三战戈香莲

几位少奶奶，打头到脚收拾好，等候滕三爷带闺女来访。说来访是句好听话，实在是斗法来的！

白金宝今儿挺兴致，人也轻松。她知道滕家小姐不是冲她来的，倒是帮她来的。她完全不必使劲，只当一场好戏看就是了。她扭脸凑向身边的三少奶奶尔雅娟说："听说这闺女的脚顶多二寸二，我不信，要是真的，咱们佟家的脚还往哪儿摆？对吗？"这声儿不大不小，刚好能叫坐在另一边的戈香莲听见。

尔雅娟低眼瞅瞅戈香莲，没敢吱声。香莲的脸好静好冷，让人没法子知道她今儿这一战，有根没根，胜败如何。

尔雅娟前天才打南边回来，本该随着三少爷绍富早早回来过年。临到启程，绍富叫架眼儿掉下来一个铜乌龟砸断脚背，一步挪不动。尔雅娟只好同远房一位婶子搭伴，回天津看看婆家人老熟人，也想见见没见过面的嫂子戈香莲。她早就听说嫂子的脚赛过当年的婆婆，耳闻不如目见，她心里还暗存着比试比试的劲儿。回到家白金宝就把她拉进屋翻腾事儿，先说戈香莲在家如何一手遮天，随后就挑拨尔雅娟跟香莲斗脚。

扬州小脚也是闻名天下，尔雅娟又是佟忍安去扬州买帖时看上的，更是万里挑一。在扬州向例也是一震，有能耐的人都傲，再叫白金宝左挑右挑，心里的暗劲变成明劲，当即穿上一双白铜鞋去见嫂子。白金宝跟在后边，她算计好，只要尔雅娟一胜，她就给香莲闹个"破鼓乱人捶"！

香莲见到尔雅娟，谈东谈西，似笑不笑，不冷不热，不咸不淡。两眼只瞧尔雅娟一张月季花赛的小脸儿，就是不看她的脚。自己的脚也给裙子盖着，叫尔雅娟没法子跟她干。可香莲说着笑着忽然手指尔雅娟的脚说：

"你这双白铜鞋，是找人打的？"

尔雅娟可逮住机会，马上说：

"一位湖南的客商送我的。他在湘西碰见个耍马戏的女子。那女子穿这双鞋走钢丝，还拿它踢木板，一寸厚的板子，一脚一个窟窿。客商花了好几百银子买下这双鞋，非要送我不可。这鞋可比不得一般鞋，面子底子帮子哪儿哪都是硬的，没半点柔和劲儿。脚肥一点、长一点、歪一点，都进不去。它不将就你，你将就它也不行。谁知我一试，正好。"

尔雅娟说到这儿，脸赛花开的一笑。还瞅一眼白金宝。白金宝跟着就说：

"那得看谁的脚。驴蹄子鸡爪子当然不成！"

香莲只当没听见，含笑对尔雅娟说：

"妹子给我试试成吗？"

尔雅娟一怔，巴不得给香莲试穿，叫她出丑。这铜鞋是硬的，十双脚九双半不合适。没料到自己拴套，香莲不知轻重傻往里钻，正好！尔雅娟毫不犹豫脱下铜鞋给香莲。谁知香莲的脚往里一伸，好赛东西掉进袋子里，一仰脸朝站在身后的丫头桃儿说：

"去拿些丝绵来，这鞋好大！"

这话等于一斧子砍死尔雅娟!

尔雅娟没见过这样又小又俏又软又美的脚。铜鞋再硬,卡不住比它小的脚。

香莲笑眯眯又对白金宝说:

"二少奶奶,你也试试玩?"

这话又赛一斧子砍向白金宝。白金宝自知这鞋穿也穿不进去,摇摇头,脸上好窘。香莲起身,没言语,带着桃儿回了屋子,打这儿尔雅娟就怵她了。白金宝更怵香莲,多少天没敢正眼看香莲的脸,还总觉得香莲笃坏损瞧着她。其实香莲根本不挂相,好赛没这回事。

今儿白金宝又活起来。二寸二的脚,单是小,就叫香莲没辙。香莲心里的小鼓要不咚咚敲才怪呢!

四位少奶奶等候滕家小姐的当儿。乔六桥、陆达夫几个来请佟大爷到海大道庆来坤戏院子看《拾玉镯》。佟忍安打算在家等着瞧二寸二小脚。乔六桥说:"咱那边也有双脚,比这二寸二强十倍,诓你就割我鼻子!"说话时,门口连篷车都预备好了。佟忍安疑惑着:"比二寸二再强十倍,就二分二了,跟蚂蚱一般大?"就出门上车一路嘻嘻哈哈去了。其实这戏票是佟绍华买的,由乔六爷出门请,为的是把佟忍安架出来,没人给香莲坐劲。这边只要滕家小姐一赢,白金宝就翻天。真是一边看戏,一边唱戏。演戏瞧戏闹戏捧戏哄戏做戏,除去没戏全是戏。再往深处说,没戏更是戏。

那边,佟忍安进了园子,戏已开唱。孙玉姣坐在台中央一张椅子上,左腿架在右腿上,娇声娇气说:"小女孙玉姣,母亲烧香拜佛去了,我在家中闲着没事,不免做些针箬,散闷罢了。"说到这儿,小锣当儿一响,翘着的左脚腕子一挺,把鞋底满亮出来,青白细嫩,真赛笋尖。这下差点叫佟忍安看昏过去。急着问这花旦名姓,绍华忙说叫月中仙。佟忍安口中就不停念叨着:"月中仙来月中仙……"下边一出垫戏《白水滩》看赛没看。等到再下一出《活捉三郎》,又是月中仙的戏。演到阎惜蛟的鬼魂儿，小脚满台跑，赛一溜溜青烟，佟忍安顾不得旁人，一个劲傻叫："好！好呵——好！好！"惹得一帮子戏迷说他劝他骂他拿苹果核儿砍他也止不住他。

这边，牛凤章一手提着袍襟"噔噔噔"奔进佟家来。四位少奶奶见他，白金宝劈面就问："人呢？滕家小姐呢？在哪儿？"不等牛凤章转起舌头，只见一个胖男人抱一个娇小女子大步来到。一个大活人再轻也七八十斤，难怪这胖男人呼呼喘粗气。看样子这就是滕三爷和滕家小姐了。几位少奶奶都当是滕家小姐半道病了，忙招呼丫头们上来侍候，不想这胖男人撂下小姐，掏出块大帕子抹汗，一边笑呵呵说："没事没事。她挺好！"滕家小姐跟手也笑了。众人不明白是嘛事，好好的干嘛抱进来？

可谁也不管为嘛，都一窝蜂围上去看滕家小姐二寸二的脚。一看全懵住！这脚就赛打脚脖子伸出个小尖。再一弯，也就橘子瓣大小，外套鲜亮银红小鞋，精致绣满五色碎花，鞋口的花牙子，跟梳子齿一般细。不赛人穿的，倒赛特意糊的小鞋样子，可它偏偏有姿有态不残不缺，大脚趾还不时动它一动。人能把脚缠这么小，真算得上世间奇迹，不看谁也不信。

甭比，佟家脚连亮也不敢亮！

香莲脸色刷白，一眼瞅见站在身旁的牛凤章，小声说：

"好呵，五爷，你原来也恨我不死！"

牛凤章听这话打个冷战，忙说：

"不瞒您说，这是少掌柜请来的，不过叫我跑跑腿，我不好推辞罢了。我是佟大爷的人，哪敢跟您捣蛋。心想也是叫您瞧个新鲜。别瞧她脚小，可小过了劲儿，站不住。走路必得人扶着，出门必得人抱着，站都站不住。京城人都称她'抱小姐'。可别人抱不成，非她爹不可，娇着呢！那滕三爷，阔佬一个，任嘛不懂。"

香莲情不自禁"噢"一声，眼睛一亮，心也一亮。好赛意外忽然抓到得胜的招数。

白金宝在人群中间叫着："不管别人服不服，反正我服了，不服就比，谁比谁完蛋！人家这脚是明摆着的！对吗？雅娟、秋蓉、桃儿、杏儿……"她挨个问，声音愈来愈高，就是不问香莲，句句却是朝香莲去的。

谁也不抬头看香莲，都怕香莲。

香莲不言不语站一边。不等白金宝闹到头，她不出招。

白金宝只当她怵了，索性大喊大叫："反正有这双脚，别人嘛脚我也瞧不上！待会儿老爷回来，叫他也开开眼。别总拿南瓜当香瓜，拿瞎蛾子当蝴蝶儿。"又扭脸冲滕三爷说："叫您小姐留在我家住些天好吗？就跟我住一屋。我还叫桃儿给她绣双红雀鞋……"

滕三爷说：

"二少奶奶这么厚爱，敢情好。只是我这闺女……"

香莲看准火候，走到抱小姐身前，笑眯眯说：

"小姐，跟我到当院看看桃花可好？前两天一乍暖，满树都是骨朵儿，居然开了不少，还招来蜜蜂，好看着呢！"

抱小姐说："我走不好！"她奶声奶气，倒赛七八岁的娃娃卷着舌尖说话。

"这没事，我扶你，几步就到当院。"

香莲说着扶她起来。谁也不知香莲用意，只见她一挽一扶与抱小姐走出前厅，下了台阶。这一走，就看出毛病来。抱小姐好比一双烂脚，沾不得地；香莲每一步都是肩随腰摆，腰随脚扭，无一步不美。到了院中，香莲抬头看花，好赛不知不觉松开挽着抱小姐的手臂，自个往前走两步，忽然叫道："小姐你看！你看！那片花全开了，赛朵红云彩，多爱人，抬头呀，就在你脑瓜顶上！"她手指头顶上方。

抱小姐一抬头，脚没拿稳，没等叫出声，"噗噔"一下，死死摔个硬屁股礅儿。抱小姐皮薄肉少，屁股骨头撞在砖地那一声，叫人听得心里一揪。香莲惊慌叫道："好好站着，没石子绊脚，怎么倒了？快快，桃儿、珠儿，还不快扶起小姐！"滕三爷和众人都跑来搀抱小姐。抱小姐栽了面子，坐在地上捂着脸哭不起来，谁也弄不起动。

"我真该死，叫她摔了。怎么？她站不住吗？"香莲对滕三爷说。

"这不怪大少奶奶。小女没人扶，站不住。"滕三爷说。

"这倒怪了。脚有毛病？"香莲说。看不出她是装傻，还是有意讥讽。

"毛病倒没有，就是太小，立不住，"滕三爷说着低头冲闺女说，"还不起来，赖在地上什么样儿！"

这话更伤了抱小姐，拚命晃肩膀不叫人扶，谁伸手打谁，两脚乱踹乱蹬，直把鞋子踹掉，脚布也散了。香莲看着，恨不得她踹光了脚才好。嘴上却说：

"桃儿，帮着小姐穿上鞋，别着了凉！"

滕三爷见闺女这样胡闹，满脸挂窘，不住向香莲道歉。香莲说：

"这么说就见外了。可是我打心里疼您家小姐。人脚哪能不能站不能走的，这脚不算废了？裹得是好，可都站不住了，还行？我看这脚没救了，您真该在鞋上给她想点辙。是吧！"

这两句是拐着弯儿把抱小姐骂死。

滕三爷连说"是、是、是"，猫腰抱起抱小姐就走。出去的步子比进来的还大。牛凤章也赶紧向香莲告辞。只见香莲脸上的笑透股寒气，吓得牛凤章没转身三步倒退出屋门。

抱小姐走后。香莲当着众人对桃儿笑道：

"真眼，这牛五爷不长牛眼，长一对狗眼，愣看上这对烂猪蹄了！"

桃儿不笑不答，她知道这话是给白金宝听的。白金宝脸上早就不是色。香莲话说得轻松，神气也自如，直到回屋，"咯噔"一下，悬着的心才回位。

可是过了三天，香莲的心又提起来。白金宝站在当院嚷嚷开，说佟大爷请来一双飞脚，饭后就到。还说这是宝坻县红得发紫的彩旦，名唤月中仙。不单脚小脚美，还满台赛珠子在盘子里飞转。这同头三天那个不会走道的抱小姐全然两样。一个站不能站走不能走立都立不住,一个如驰如飞如鱼游水如鸟行空。白金宝的嗓门向例脆得赛青萝卜,字儿咬得一个是一个赛蹦豆,香莲还听到这么一句:"听说飞起来,逮也逮不着。"香莲虽胜了抱小姐,不敢说也能胜这个月中仙。天下之大,无奇不有,香莲不敢不信。假若不是真的,白金宝也不会这么咋呼。香莲心里早懂得,人要往上挣,全是硬碰硬,不碰碎别人就碰碎自己。只有把对手都当劲敌才是。她闭上门,想招儿。可是一点不知月中仙的内情,哪知嘛招当用,这真难了!最好的办法是先在屋里眯着,等机会。

午后,一阵人声笑语进了前厅。忽听一句:"佟大爷在上,奴家月中仙有礼了!"声调又娇又脆又清又亮,赛黄莺子叫,用的都是戏里道白的口儿。说完就一阵喧笑哗闹。

就听佟大爷的声音:

"我家众位都是爱莲人。听说月中仙有金莲绝技,巴不得饱眼福。就请到当院表演一番。"

跟手这些声音挪到当院。只听月中仙两个字儿:"献丑。"没有行走奔跑声,却有一片咂嘴赞叹和拍巴掌声音。尔雅娟吃惊的声音:

"哟,快得我只见人影儿。"

佟绍华的声音:

"金宝,你不跟着转两圈?"

白金宝的声音:

"我哪有这脚。吓得只想回屋关门关窗躲起来。"

又是说又是笑又是叫又是闹,还听佟忍安声音:

"是呵,怎么还不见香莲来呢?"

白金宝的声音:

"猫一来,耗子还看得见。"

香莲憋在屋,心里的火腾腾往上蹿,胜败反正都得拚过才能说。她"哗啦"打开门,走出来一瞧,院里站满人,一时眼花,看不清谁是谁。桃儿跑到跟前来挤挤眼说:

"您看那就是月中仙,男的!"

香莲顺着桃儿细巧的手指头望去,人群中果然站着一个瘦弱男人,再瞧,下边竟是一双精灵的女人小脚。看模样是个男旦,可哪来一双女人小脚?这天底下的事真是不知道的比知道的多得多得多。这会儿,这瘦男人正上下打量她,忽叫一声:"啊呀,这就是闻名津门的佟家大少奶奶戈香莲吧!"说着风吹似的跑过来,两脚好赛不沾地,眨眼工夫到了香莲面前,双手别在腰间道万福,说话的调儿还是戏腔:"月中仙拜见大少奶奶。"

香莲还没弄明白怎么档子事,有点发傻。那边白金宝和佟绍华大声哈哈笑,好赛在看香莲的笑话。

这月中仙忽扬起一条腿扛在肩上,脚过头顶,来招童子功,说:
"您看我月中仙的脚,比得上您大少奶奶的脚吗?"

香莲一看这扛过头顶底儿朝上的小脚,才明白原来是木头造的假小脚,上头有布套,套在真脚上,用丝绳扎牢,好比踩高跷,叫衣裙一遮,跟真的一样。原来这就是男扮女装的彩旦使的踩跷呀!过去听说今儿才见。香莲赛打梦里醒来,松口大气。众人当作趣事咯咯地笑。惟有白金宝、佟绍华笑得邪乎,白金宝笑岔了气,直弯腰捂肚子。香莲立时明白,这是白金宝搬来尔雅娟和抱小姐斗不过她,才剜心眼儿,弄来月中仙唬她,看她乐子,当众糟践她。可她脑子一转,又想,白金宝拿她没辙,才使这招。这招够笨,毕竟假玩意儿,不过一时解解气罢了。更显出自己一双脚谁也扳不倒。想到这儿,反而精神起来,脸上的笑也有根了。她对月中仙说:

"你这假脚唬住我不算嘛,可唬住我公公?我公公是火眼金睛,决不会叫你骗过。"

佟忍安听出香莲的话带刺,便说:

"我头一眼也给憎住了。原以为死物有真假,没料到活物也有真假。不过,假的再绝,也不如平平常常真的。"

香莲这是逼着佟忍安替自己说话。待佟忍安的话说完,就朝白金宝、

佟绍华挑起嘴角一笑,话却反着佟忍安说:

"老爷的话可得罪人家月中仙了。戏台上不论真假。戏里的人都是假的,管它脚假不假,唬住人就成!"

"这话在理,这话在理!"佟忍安忙应和着。请众人到厅里说话。

月中仙对戈香莲说:"有请大少奶奶——"虽然不再用戏腔,声音还是女声女气。神气动作举手投足也都扭捏羞涩婀娜娇柔,活赛女的。

香莲见对方不是对手,来了兴头,一提气,与月中仙一同走上前厅。这几步,月中仙好比腾云驾雾,戈香莲竟如行云流水,步子又疾又稳,肩不动腰不动腿也不动,看不见哪儿动,只有裙子飘带子飞,好赛风里穿行,转眼一同站在前厅里。

月中仙拍着手说:"大少奶奶真是名不虚传,这几步强我十倍!"他拍手时,翘着细白手指,只拿掌心拍,小闺女嘛样他嘛样。随后月中仙说他非要瞧瞧香莲的小脚不可。对着这半男半女不男不女的人,香莲也不觉羞了,亮出来给他瞧,他又拍手叫:

"我跑遍江南江北,敢说这脚顶到天了。少掌柜还叫我来震震您,倒叫您把我震趴下了!"

香莲听罢一笑便了,也不去瞧佟绍华。只向月中仙要取那跷一看。月中仙这老大男人,屁股在椅子面儿上一转,腰一拧,头一歪,眼一斜,居然做出忸怩样子。然后两手手指摆出兰花样儿,解开跷上的丝带说:

"您要喜欢,就送您好了。"

香莲接过话顺口就说:

"不,送给我们二少奶奶吧,她看上这玩意儿了!"

这话一说,只听身后哐当一响,随着一片呼叫,尔雅娟叫声最尖。回头瞧,原来白金宝一口气闭过去,仰脸摔在地上。几个丫头又掰胳膊又折腿又弯脖子又推腰,绍华拿大拇指头死命掐白金宝的人中,直掐出血,才回过这口气来。

惟有香莲坐在那边动也不动,消消停停喝茶,看着窗外飞来飞去追来追去的几个虫子玩。

第十一回　假到真时真即假

天没睁眼，地没睁眼，鬼市上的人都把眼珠子睁得贼亮。打赵家窑到墙子河边，这一片窝棚土铺篱笆灯小房中间，那些绕来绕去又绕回来的羊肠子道儿上，天天天亮前摆鬼市。最初都是喝破烂的，把喝来的旧衣破袄古瓶老钟烂鞋脏帽废书残画，缺这儿少那儿的日用杂物，拿大筐挑来卖。借着黑咕隆咚看不清，打马虎眼，用好充坏，有钱人谁也不来买这些烂货。可是，事不能总一个样，话不该总这么说。渐渐有人拿来好货新货真货，却都是一手交钱，一手交东西。买卖一成，拨头便走，回头再找，互不认账。人称"把地干"。为嘛？因为干这行当大多是贼，偷到东西来销赃。胆大的敢卖，胆大的就敢买。也有些有钱人家的败家子，脸皮薄，不愿在当铺古玩铺旧货铺露面，就拿东西到这儿找个黑昝儿一站等买主。哪位要是懂眼，真能三子儿两子儿，买到上好的字画珠宝玉器瓷器首饰摆设善本书孤本帖。这一看能耐，二看运气，两样碰一块，财能发炸了。

今儿，挤来挤去人群里，有个瘦老头子，缩头藏脸，也不打灯笼，眼珠子却在人缝里乱钻。忽然，赛过猫见耗子，撞开几个人一头扑过去。墙边，挨着个破柜子，拳腿蹲着一个男人，跟前地上铺块布，摆着一个白铜水烟袋，一个大漆描金梳妆匣儿，几卷绣花被腰子，还有三双小鞋，都是红布蓝布，双合脸，极窄极薄，鞋尖又短又尖赛乌鸦嘴，天津卫看不见这样的鞋。瘦老头子一把抓起来，翻过来掉过去一看，就叫：

"呀！鸦头履，苏北坤鞋！"

这男人瘪脑门鼓眼珠子，模样赛蛤蟆。仰脸瞅瞅这瘦老头子说：

"碰到内行，难得。您想要？"

瘦老头子两个膝盖"嘎巴"一响也蹲下来，低音说：

"全要！这儿压根也碰不上这鞋！"

这瘦老头子好怪。在鬼市买东西，碰上中意的也得装不懂不在意不中意，哪能见了宝似的！可更怪的是卖东西的蛤蟆脸男人，并不拿出卖东西的架式，也赛见了宝。问道：

"您好喜这玩意儿吧！"

"说得是。告我您这鞋哪弄来的？您是南边人？"

"您甭问，反正不是北边人。老实告您，我也好喜这玩意儿，可如今江南几省都闹着放脚。小鞋扔得到处都是，连庙里也是，河里还漂着……"

"造孽造孽！"瘦老头子连说两句，还不尽意，又加一句，"还不如把脚剁去呢！"沉一下把气压住便说："您该逮这机会把各样小鞋赶紧收罗些，赶明儿说不定也是宝贝。"

"说得好，您真懂眼。听说，北边还不大时兴放脚？"

"闹也闹了，放脚的还不多，叫唤得却够凶，依我看这风刹不住，有今天没明天。"瘦老头子直叹气。

"是呵，我听说才赶紧弄几麻袋南边的小鞋，到北边转转，料想能碰上像您这样有心人肯花钱存一些。我打算卖一些南边的，买一些北边的，说不定把天下小鞋凑全了呢！"这蛤蟆脸男人说，"我已然存了满满一屋子！"

"一屋子？"瘦老头子眼珠子刷刷冒光，"好呵，宝呵，你这次带来都是嘛样的？"

蛤蟆脸男人抿嘴一笑，打身后麻袋掏出两双小鞋递给瘦老头子，也不说话，好赛要考考这瘦老头子的修行。

瘦老头子接过鞋一看，是旧鞋，底儿都踩薄了。可式样怪异之极。鞋帮挺高，好赛靴子高矮，前脸竖直，通体一码黑亮缎，贴近底墙圈一道绣花缎边。一双绣牡丹寿桃，花桃之间拿红线缝几个老钱在上头，这叫"富贵双全"。另一双绣松叶梅花竹枝，松托梅，梅映竹，竹衬松，这叫"岁寒三友"。再看木底和软底中间夹一片黄铜，打跟到尖，再打尖吐出来，朝上弯半个圈再伸向前，赛蛇出洞。瘦老头子说：

"这是古式晋鞋。"

蛤蟆脸男人一怔，跟手笑了：

"您真行！能看懂这鞋的人不多！"

"这鞋也卖？"

"货卖识家。别说价了，您给多少，我都拿着。"

这前后五双瘦老头全要，掏出五两给了。要说这些钱买五双银鞋也富裕。蛤蟆脸男人赶紧把银子掖进怀里，满脸带笑说道：

"说句老实话，这鞋现在三文不值二文。我不是图您钱，是打算拿它多买些北方小鞋带回去。您要是藏着各样北方小鞋，咱们换好了，省得动钱！"

"那更好！您还有嘛鞋？"

"老先生，您虽然见多识广，浙东八府的小鞋恐怕没见过吧！"

"打早听说浙东八府以小称奇，我二十年前见过一双宁波小脚，二寸四。可头两年见过京城一女子，小脚二寸二。那真叫小到家小到头啦！"

"那也比不过广州东莞小脚，苏北盐城脚也嫌逊色呢，这东莞小脚二寸刚刚挂点零。一双小鞋，一抓全在手心里。还有福建漳州一种文公履，是个念书人琢磨出来的，奇绝！"

"嘛绝法?"

"竟然有股书卷气。有如小小一卷书。"

"好呵!你都有?带来了吗?"

"在旅店里。您要换,咱说好时候。"

急不如快,两人定准转天这时候在前边墙子河边一棵歪脖老柳树下边碰面。转天都按时到,换得十分如意,好赛互相送礼。又约第三天,互换之后,这瘦老头提着十多双小鞋穿过鬼市美滋滋乐呵呵往回走。走到一个拐角,都是些折腾碑帖字画古董玩器的。只见墙角站着一个矮人,头上卷檐小帽儿压着上眼皮,胳肢窝里夹一轴画,上边只露个青花瓷轴。

瘦老头子一看这瓷轴就知这画不一般。上去问价。

对方伸出右手,把食指中指叠在一起,翻了翻,只一个字儿:

"青。"

鬼市的规矩,说价递价给价要价还价争价,不说钱数,打手势用暗语。俗称"暗春"。一是肖,二是道,三是桃,四是福,五是乐,六是尊,七是贤,八是世,九是万,十是青。手势一翻加一倍。

对方这"青"字再加上手势一翻,要二十两。

瘦老头子说:"嘛画这个价,我瞧瞧。"撂下半口袋小鞋,拿过画,只把画打开一小截,刚刚露出画上的款儿,忽一惊,问道:"你是谁?"

这矮子一怔,拨头就跑。

瘦老头子本来几步赶去能追上,心怕半袋小鞋丢了,一停的当儿,矮子钻进小胡同没了。

瘦老头子叫道:

"哎,哎,抓……"

旁边一个大个子,黑乎乎看不清脸,影子赛口大钟,朝他压着粗嗓门说:

"咋呼嘛,碰上就认便宜,赶紧拿东西走吧,小心惹了别人,把你抢了,还挨揍!"

瘦老头子听见又没听见。

这天早上，佟忍安打外边遛早回来，就要到铺子去，满脸急相，谁不知道为嘛。门外备了马，他刚出门一出溜坐在台阶上，只说天转地转人转马转树转烟囱转，其实是他脑袋转。用人们赶忙扶他进屋坐在躺椅上。香莲见他脸色变了，神气也不对，叫他到里屋躺下来睡个觉。他不干，非要人赶紧到柜上去不可，叫佟绍华和活受马上来。还点了些画，叫活受打库里取出带来。过了很长时候，才见人来，却只是柜上一个姓邬的小伙计，说少掌柜不在柜上，活受闹喘，走不了道儿，叫他把画送来。佟忍安起不来身半躺半坐，叫人打开一幅幅看。先看一幅李复堂的兰草，看得直眨眼，说：

"我眼里是不是有眵目糊？"

香莲看看说：

"不见有呢，头昏眼花吧，回头再看好了！"

佟忍安摇手非接着看不可。小邬子又打开一幅，正是那幅大涤子山水画。

平时佟忍安过画，顶多只看一半画，真假就能断出来。下一半不看就叫人卷上，这一是他能耐，二是派头。活受知道他这习惯，打画就打开一半，只要见他点头或摇头，立时卷起来。今儿要是活受来打画给他瞧，下边的事就没有了。偏偏小邬子刷地把画从头打到底儿。佟忍安立时呆了，眼珠子差点掉下来，身子向前一撅，叫着：

"下半幅是假的！"

"半幅假的，怎么会？别是您眼闹毛病吧！"香莲说。

"没毛病！这画，字儿是真，画是假的！"佟忍安指着画叫，声音扎耳朵。

香莲走上前瞧，上半幅给大段题跋诗款盖着，下半幅画的是山水。"这不奇了，难道换去下半幅，可中间没接缝呀！"香莲说。

"你哪懂？这叫'转山头'，是造假画的绝招。把画拿水泡了，沿着画山的山头撕开，另外临摹一幅假的，也照样泡了撕开。随后，拿真画上的字配假画上的画，接起来，成一幅；再拿假画上的字配真画上的画，又成一幅。一变二，哪幅画都有真有假，叫你看出假也不能说全假，里头也有真的。懂行拿它也没辙。可是……这手活没人懂得，牛五爷知也不知道。难道是我当初买画时错眼了……"

"您看画总看一半，没看下半幅呗！"

"那倒是……"佟忍安刚点头忽又叫，"不对，这幅画是头几年挂在铺子墙上看的！"说到这儿，也想到这儿，眼珠子射出的光赛箭。他对小邬子说："你拿画到门口，举起来，透亮，我再瞧瞧！"

小邬子拿画到门口一举，外边的光把画照透，清清楚楚明明白白看出，画中腰沿着山头，有一道接口，果然给人做了假！佟忍安脑袋顶涨得通红，跟着再一叫："我明白了，刚才李复堂那幅也做了假的！"不等香莲问就说："这是'揭二层'，把画上宣纸一层层揭开，一三层裱成一幅，二四层裱成一幅。也是一变二！虽然都是原画，神气全没了，要不我看它笔无气墨无光，总疑惑眼里有眵目糊呢！"

香莲听呆了！想不到世上造假也有这样绝顶的功夫。再看佟忍安那里不对劲，一双手簌簌抖起来，长指甲在椅子扶手上"得得得"磕得直响，眼神也滞了。

香莲怕他急出病来，忙说：

"干嘛上火，一两幅画不值当的！"

佟忍安愈抖愈厉害，手抖脚抖下巴抖声音也抖："你还糊涂着，铺子里没一幅真的了！我佟忍安卖一辈子假的，到头自己也成假的了。一窝全是贼！"说到这儿，脑门青筋一蹦，眼珠子定住了。香莲见不好，心一慌，不知拿嘛话哄他。只见他脸一歪嘴一斜肩膀一偏，瘫椅子上了。

立时家里乱了套，你喊我我喊他，半天才想起去喊大夫。

香莲抹着泪说：

"谁叫您懂呢！我不懂真的假的，反不着这么大急。"

不会儿，大夫来了，说前厅有风，叫人把佟忍安抬到屋里治。

香莲定一定心。马上派小邬子去请少掌柜，并把活受叫来。小邬子去过一会儿就回来说，活受卷包跑了，佟绍华也不见了。香莲听罢好赛晴天打大雷，知道家里真出大事了！白金宝问嘛事。香莲只说："心里明白还来问我。"就带着桃儿坐轿子急急火火赶到铺子。

只见铺子里乱糟糟赛给抄过。两个小伙计哭着说："大少奶奶骂我们罚我们打我们都成，别怪我们不说，我们嘛都不知道呵！"香莲心想家那边还一团乱呢，就叫他们摘出真玩意儿锁起来，小伙计们哭丧脸说："我们不知哪个真哪个假。老掌柜少掌柜叫我们跟主顾说，全是真的。"香莲只好叫他们不管真假全都拣巴一堆封起来再说。

回到家，白金宝不知打哪儿听到佟绍华偷了家里东西跑了，正在屋里哭了叫叫了哭又哭又叫：

"挨千刀的，你这不是坑了老爷子，也坑了我们娘仨吗……你准是跟哪个臭婊子胡做去了，你呀你呀你……"

香莲板着脸，叫桃儿传话给杏儿草儿，看住白金宝的屋子，不准她出来也不准人进去，更不准往里往外拿东西。白金宝见房门给人把守，哭得更凶，可不敢跟香莲闹。她不傻，绍华跑了，没人护她。她要闹，香莲能叫人把她捆上。

这时，佟忍安给大夫治得见缓，忽叫香莲。他虽然不知道家里家外到底出了嘛事，却赛全都明白。两眼闪着惊光，软软的嘴里硬蹦出三个字儿：

"关、大、门！"

香莲点头说："好，马上就办。"赶紧传话吩咐家里人急急忙忙把两扇大门板吱吱呀呀一推，哐啷一声，紧闭上。

第十二回　闭眼了

佟忍安赛块稀泥瘫在床上，头也抬不动，后背严丝合缝压在床板上，醒不醒睡不睡，眼神赛做梦。说话一阵清楚一阵含糊。清楚时，看不见绍华就死追着问，大伙胡诌些理由唬弄他；糊涂时，没完没了没重样地数落着各类小脚的名目。城里各大名医苏金伞、神医王十二、妙手夏、铁拐李、赛华佗、北城刘神仙、不问不切胡二爷、没病找病黄九爷全都轮着请到，可全都说他大腿给阴间小鬼拉住，药力夺不回来。

这天，桃儿领着香莲的闺女莲心看爷爷。莲心进门就爬上床玩，忽然尖哭尖叫，桃儿只当莲心给爷爷半死不活样子吓着，谁料是小脚叫爷爷抓住。不知佟忍安哪来的劲，攥住拉不开。死脸居然透出活气，眼珠子冒光，嘴巴的死肉也抖动起来，呼呼喘气，一对鼻眼儿忽大忽小。桃儿不知老爷是要活过来还是要死过去，吓得喊叫。香莲闻声赶来，一见这情景脸色变得纸白，一把将莲心硬拉下来，骂桃儿：

"哪儿玩不好，偏到这儿来，快领走！"

桃儿赶忙抱走莲心，佟忍安眼里一直冒光，人也赛醒了，后晌居然好好说话了，虽不成句，一个个字儿能听清。他对香莲说：

"下、一、辈、该、裹、脚、了！"

香莲沉一下，光点头没表情，静静说：

"我明白。"

佟忍安没病倒之前，已经天天念叨这事。外边有的说放足有的说禁缠，闹得不安生。佟家下一代又都是闺女，莲心四岁，白金宝两个闺女，一个五岁，一个六岁，董秋蓉的闺女也六岁了。都该裹，只因为香莲说莲心还小，拖着压着，佟忍安表面不敢催香莲，放在心里总是事。这会儿再等不及，心事快成后事了。

佟忍安叫着：

"找、潘、妈、找、潘、妈。"

裹脚的事非潘妈不可。

可是自打赛脚那天，潘妈见香莲穿上当年佟家大奶奶的小红鞋，拨头回屋就绝少再出屋。除去几个丫头找她画鞋样，缝个帮儿纳个底儿糊个面儿，再有便是开门关门送猫出屋迎猫进屋，不知她在屋干些嘛事。偶尔在当院碰见香莲，谁不搭理谁。香莲现在佟家称王，唯独对潘妈客气三分，有好吃的好喝的不好买的，都叫丫头们送去。唯独自个儿不进潘妈屋。可以说，她压根就没进过潘妈屋。

这会儿，无论佟忍安怎么一遍遍说叫潘妈，香莲也不动劲，守在旁边坐。直到深更半夜，佟忍安不再叫，睁大眼眨眼皮，好赛听嘛，再一点点把手挪到靠床墙边，使劲抓墙板，不知要干嘛，忽然柜子那边咔咔连响，有人？香莲吓得站起身，眼瞅着护墙板活了，竟如同一扇门一点点推开，走进一个黑婆子，香莲差点叫出声来，一时这黑婆子也惊住，显然没料到她也在这屋里。这黑婆子正是潘妈！她怎么进来的？难道穿墙而入？她忽地大悟，原来这墙是个暗门，潘妈住在隔壁呀！这一下，香莲把佟家的事看到底儿，连底儿下边的也一清二楚三大白了！

无论嘛事，只要她一明白，心立时就静下来。她几年没正眼看潘妈，今儿一瞅大变模样，头发见白不见黑，脸上肉都没有，剩下皮包骨。皮一松折子更多，满脸皱了。只一双鼓眼珠子打黑眼窝里往外冒寒光。潘妈同香莲面对面站着怔着傻着瞪着，好半天。到底还是香莲更有内劲，先说话，她指指佟忍安对潘妈说：

"他有话跟你说。"

潘妈到床前站着等着。佟忍安说：

"预、备、好、明、天、裹、全裹！"

最后两个字儿居然并一起说出来的。

潘妈点点头，然后抬起眼皮望了香莲一眼，这一眼赛刀子，扎进香莲心口。香莲明白这一眼就是潘妈闷了几年来要说没说的话。随后潘妈扭身就走，却不走暗门，打房门出去。黑衣一身，立时化在夜里。

转天一早，香莲把全家人都叫到院里说道："老爷子发话了，今儿下晌，各房小围女一齐裹脚，先预备预备去吧！"说完回自己屋。

各房，有的没声有的哭声有的说话声，都是低声低气。可快到晌午时候，桃儿忽然在当院大声叫喊莲心。香莲跑出房一问，莲心不见了！几个丫头和男用人房前屋后找，连山石眼里、灶膛里、鱼缸里、茅坑里、屋顶烟囱里都找了，也不见。香莲脸色变了，左右开弓，一连抽了桃儿十八个嘴巴，把桃儿左边一个虎牙打掉，嘴角直流血。桃儿不吭声不求饶掉着泪听着香莲尖吼：

"大门关着，人怎么没了？你吃啦，吃啦，你给我吐出来呀！"

哭得闹得叫得折腾得人都不赛人样。

莲心丢了，当天裹脚裹不成。佟忍安知道后说："等、等、一、块、裹！"那就一边等一边找。

家里没有就到外边找。左邻右舍，房前屋后，巷头巷尾，城里城外，河东水西，连西城外的人市都去了，也不见影儿。这一跑，才觉得天津城大得没边，人多得没数。把桃儿两只脚都跑肿了，还到处跑。有的说叫大仙唬弄去了，有的说叫拍花的拍走，卖给教堂的神甫挖心掏肝剜眼珠子割舌头掏肠子揭耳朵膜做洋药去了。自打洋人在天津修教堂，老百姓天天揪着心，怕孩子被拐去做洋药。

桃儿当着众人给香莲跪下，两眼哭得赛红果儿。她说：

"莲心怕真丢了，我也没心思活了，您说叫我怎么死我就怎么死！"

香莲说不出话来。脸上的泪，一会儿湿一会儿干。

潘妈那边，早做好一二十副裹脚条子，染了各种颜色，晾在当院梅枝上，赛过节。几个小丫头看了都暗暗流泪说：

"莲心怪可怜的……"

香莲听了就到佟忍安屋里说：

"莲心回不来了，别等了，先裹吧！"

佟忍安半死的脸一抖，发狠说一个字：

"等！"

七天过去，佟忍安熬不住顶不住，只一口气在嗓子眼里来回窜。说话嘴里赛含热豆腐，咕噜咕噜谁也听不清，跟着只见嘴皮动，连声儿也没有。早晌大伙在前厅吃过饭，董秋蓉留下来对香莲说：

"嫂子，我看老爷子熬过正一熬不过十五了。说句难听的，就这两天的事啦，莲心丢了，我的心也赛撕成两半。可你当下是一家之主，总得打起精神来，该给老爷子筹办后事了。再有，趁老爷子糊涂，裹脚的事快点了了算了。"

香莲这才默默点头，吩咐人把前厅的桌子椅子柜子架子统统挪走，打扫净了，摆上灵床。白事用品样样租来，还派人去天后宫、财神殿和吕祖堂，备齐和尚老道尼姑喇嘛四棚经，跟手还请来棚铺，驴车马车牛车推车，运来木杆竹竿苇席木板黄布白布蓝布粗细麻绳，在二道院扎几座宽大阔绰的经棚……可这时外出去寻莲心的人还没逮着影儿，佟忍安又硬熬三天，人色都灰了，说死就死，抬上了灵床，可就不咽气，反倒大大睁开，亮得赛玻璃珠子。杏儿说："你们看老爷眼珠子，别是要还阳吧！"香莲赶来瞧，这亮光发贼，贼得怕人。她心里明白，俯下头悄声对佟忍安说："莲心找到了，这就给孩子们裹上！"这话说过，佟忍安眼珠子的贼光立时没了，只是还瞪着。

香莲在桃儿耳边说了几句，叫桃儿马上去办。又叫杏儿去请潘妈赶紧预备裹脚家伙，再派花儿草儿，分头到白金宝和董秋蓉房里去，快把孩子领到院里，这就开裹！

不会儿场面摆开。白金宝的两个闺女月兰和月桂，董秋蓉的闺女美子，都弄到院里，排一横排。杏儿花儿草儿三个丫头，分管三个孩子，一切全叫潘妈指派。丫头们把盆儿壶儿剪儿布儿药瓶药罐儿各样物品往上一拿，孩子们全吓哭了。倒赛死了人一样。

这场面直对前厅，前厅门大敞四开，便正对着厅内直挺挺躺在灵床上不闭眼的佟忍安。

香莲坐在一边瓷墩子上。桃儿守在身后。

潘妈还是一身黑，可这回打头到脚任嘛别的颜色没有。她走到各个孩子前，把鞋往下一揪，扔了，拿起脚儿前后左右上下里外全看过，放进温水盆泡上，赛要宰鸡。一边把裹法不同一一告诉杏儿花儿草儿，再选出几双尖瘦短窄不同的鞋分发下来，跑到院当中，人一站眼一瞪手一摆哑嗓子叫一声：

"裹！"

几个丫头同时下手，把孩子们小脚丫打盆里捞出来就干。孩子们哇哇大哭，月桂抓着白金宝衣袖叫着：

"娘，我再不弄你的胭脂盒了，饶我这次吧！"

白金宝"啪"打她一巴掌说："这是你福气，死丫头！别人想裹还裹不成，留双大脚就绝你的根啦！"满院子人谁都明白这话是说给香莲听的。

香莲稳稳坐着，脸上看不出是气是恼，表情似淡似空，好赛天后宫的娘娘，总那个样儿。只听孩子哭大人叫，几个丫头手里裹脚条子刷刷刷响，还有潘妈哑嗓子死命喊："紧！紧！紧！"董秋蓉哭得比美子还厉害，却不出声，浑身抽成一个儿，前襟叫泪泡得赛泼半盆水。白金宝一滴泪没有，花似的小脸满是狠笑，时不时打杏儿花儿手里抢过裹脚条子使劲捩一捩,看意思,这辈儿仇,要下辈儿报。

潘妈冲草儿叫:

"干嘛弄得她鸡哇喊叫?"

草儿说:

"她指头硬,掰这个,那个就翘起来。"

潘妈骂她:

"死鬼!你掰第二个和最小一个指头,中间那个和第四个不用掰就带着弯下去了!"

草儿改了法儿,美子也不叫了。

香莲心想,潘妈真是地道行家。当初若不是她救自己,自己哪来的今天。不管后来的仇怨,总得记得人家过去的恩德才是。她便叫桃儿搬个瓷墩子过去。

桃儿把瓷墩子撂在潘妈身边说:

"大少奶奶叫您坐下来歇歇。"

谁料潘妈理也不搭理。只盯着几个孩子每一双脚。裹好后,上去一一查看。有的拿手握正,有的往弯处捩捩,有的往脚心压压,每只脚都得打内侧够得上脚尖才行。最后从头上摘下个篦子,一边是篦头发的齿儿,一边是三寸小尺,挨着个儿横量竖量直量斜量整个量分段量。量罢,冷冷说声:"成啦!"眼也不瞅香莲,扭头回房去了。

香莲对桃儿悄悄说一句,桃儿去打香莲房里领出个小闺女,大伙全都一惊,以为莲心找到,脚也裹上穿着小鞋。待到近处看脸儿并不是,只穿戴都是莲心的。原来给莲心找的替身。这也叫白金宝小小虚惊一场。

香莲带着两个男用人走进灵堂,三人一左一右一上,托住佟忍安的头一抬,香莲说:

"看吧,中间那就是莲心,左边是月桂、月兰,另一边是美子,全裹上了!"

佟忍安本来好赛没了气儿,可这一下竟活了!眼珠子滴溜溜一扫,把这些孩子下边一横排裹成粽子似菱角似笋尖似小脚看过,立时刷刷冒光分外神采，就赛一对奇大珍珠。香莲知道这叫"回光返照"。没等跟左右用人说声"当心"，只见佟忍安大气一吐，直把嘴唇上的胡子吹立起来，眼珠子一翻，胸脯一拱，腿一蹬，完了。甭说香莲，两个男用人也怕了，手托不住，脑袋"哐"落在床板上，赛个瓜掉在地上。眼睛没用人合，自己就闭上。脸皮再没有那种可怕灰色，润白润白，一片静，好比春天的湖面。

香莲大叫一声："老爷子，您可不能扔下我们一大家子孤儿寡母走啊！"又跺脚，又捶床边。满院子大人小孩也都连喊带叫大哭大闹，小孩哭得最凶，不知哭爷爷死还是哭自己小脚疼。香莲一声接一声喊着，"您太狠啦，您太狠啦……您叫我怎么办呀！"这声音带尖，往人耳朵可就不往死人耳朵里钻。

只有潘妈那里没动静，门闭着。大黑猫趴在墙头，下巴枕在爪子上，朝这边懒懒地看。

依照老祖宗传下的规矩，人死后停在灵堂，摆道场请和尚老道念经，超度亡魂，这叫累七作斋。作斋多少天自己定，一七是七天，二七十四天，三七二十一天，七七往上累。有钱人都尽劲往上累。这据说是道光五年，土城刘家死了老爷子，念经念到第三天，轮到一群尼姑念着细吹细打的姑子经。老爷子忽然翻身坐起，吓得家里守灵的人乱跑，姑子们都打棚子跳下来，扭了脚，以为老爷子炸尸了。只见老爷子伸出两条胳膊打个哈欠，揉揉眼，冲人们嚷："你们这是干嘛？唱大戏？我饿啦！"有胆大的上去一看，老爷真的还了阳。那年头，假死的事常有。打那儿天津有钱人家作斋要作到七七四十九天，把人撂味儿了才入殓出殡下葬安坟。

佟家作斋已经入了七七。出大殡使的鸾车黄宇伞盖魂轿鬼幡铭旌炉亭香亭影亭花亭纸人纸马金瓜玉杵朝天凳开道锣清道旗闹哀鼓红把血柳白把雪柳等等，打大门口向两边摆满一条街，好赛一条街都开了铺子。倚在墙外边的拦路神开路鬼，足有三丈高，打墙头探进半个身子，戴高帽，披长发，耷拉八尺长的红舌头，吓得刚裹了脚赖在床上的小闺女们，不敢扒窗往外瞧。戈香莲、白金宝、董秋蓉三位少奶奶披麻穿孝，日夜轮班守在灵前。怪的是佟绍华一直没露面，多半跑远了不知信儿，要不正是打回来独掌佟家的好机会。白金宝盼他回来，戈香莲盼佟忍安还阳。无论谁如了愿，佟家大局就一大变。可是四十多天过去了，绍华影儿也不见，佟忍安脸都塌了，还了阳也是活鬼。派去给佟绍富尔雅娟送信的人，半道回来说，黄河淮河都发水截住过不去，再打白河出海绕过去也迟了。守灵的只是几个媳妇。这就招来许多人，非亲非友，乃至八竿子打不着的，没接到报丧帖子也来了，借着吊唁亡人来看三位少奶奶尤其大名鼎鼎戈香莲的小脚。平时常来的朋友反倒都没露面。这真是俗话说的，马上的朋友马下完，活时候的朋友死了算。香莲的心暗得很。

可嘛话也不能说死。出殡头一天，大门口小钟一敲，和尚鼓乐响起，来一位爷们儿，进门扑到灵前趴下就咚咚咚咚咚连叩五个头，人三鬼四，给死人向例叩四个，这人干嘛多叩一个头？香莲的心一下跳到嗓子眼儿，以为佟绍华抱愧奔丧来了。待这人仰起一张大肉脸，原来是牛凤章，哭丧脸咧大嘴说："佟大爷，您一辈子待我不薄，可我有两件亏心事对不住您。头件事把您坑了……这两件事您要知道也饶不了我，我没辙呀！您这个……"说到这儿，只见香莲眼里射出一道光，比箭尖还尖，吓得他跳过下边句话，停一下才说："您变鬼可别来抓我呀！您看着我二十多年来事事依着您，我还有上下一大家子人指我养活呢！"说完哇哇大哭起来。

本来，香莲应该陪叩孝子头，完事让人家进棚子喝茶吃点心。可香莲说："别叫牛五爷太伤心了！"就派人把他硬送出门。

牛凤章走后，天已晚，里里外外香烛灯笼全亮起来。明儿要出大殡，一大堆事正给香莲张罗着。忽然桃儿跑来大叫：

"不好，不好……"

香莲看桃儿脸上刷刷冒光，手指她身后，张嘴说不出话来，霎时间香莲恍恍惚惚糊糊涂涂真以为佟忍安炸尸或还阳了。回头一瞧，里院腾

腾冒红光,这光把周围的东西、人脸,照得忽闪忽闪。是神是佛是仙是鬼是妖是魔是怪?只听一个人连着一个人叫起来:

"起火了——起火了——起火了——"

香莲随人奔到里院,只见西北边一间小屋打窗口往外蹿火。一条条大火苗,赛大长虫拧着身子往外钻,黑烟裹着大火星子打着滚儿冲出来。香莲一惊,是潘妈屋子!

幸好火没烧穿屋顶,没风火就没劲,不等近处水会锣起,家里人连念经来的和尚老道们七手八脚,端盆提桶,把火压灭。香莲给烟呛得眼珠子流泪,一边叫着:

"救人呀——把潘妈弄出来!"

几个男的脑袋上盖块湿布钻进屋,不会儿又钻出来,不见抬出潘妈,问也不吭声,呛得不住咳嗽。那只大黑猫站在墙头,朝屋子死命地叫,叫声穿过耳朵往心里扎。香莲顾不得地上是水是灰是炭是火,踩进去,借灯笼光一照。潘妈抱着一团油布,已经烧死,人都打卷儿了。周围满地到处都是烧糊的绣花小鞋,足有几百双。那味儿勾人要吐,香莲胃一翻,赶紧走出来。

转天,佟忍安给六十四条杠抬着,一路浩浩荡荡震天撼地送到西关外大小园坟地入葬;潘妈给雇来的四个人打后门抬出去不声不响埋在南门外一块义地里。这义地是浙江同乡会买的,专埋无亲无故的孤魂。其实,不管怎么闹怎么埋都是活人干的事。

死人终归全进黄土。

第十三回　乱打一锅粥

当下该是宣统几年了？呀，怎么还宣统呢，宣统在龙椅上只坐三年就翻下来，大清年号也截了。这儿早是民国了。

五月初五这天，两女子死板着脸来到马家口的文明讲习所，站在门口朝里叫，要见陆所长。这两女模样挺静，气挺冲，可看得出没气就没这么冲。叫得立时围了群人。所长笑呵呵走出来，身穿纺绸袍褂，大圆脑袋小平头，一副茶色小镜子，嘴唇上留八字胡，收拾得整齐油光，好赛拿毛笔一左一右撇上两笔。这可是时下地道的时髦绅士打扮。他一见这两女子先怔一怔，转转眼珠子，才说：

"二位小姐嘛事找我？"

两女子中高个儿的先说：

"听说你闹着放小脚，还演讲说要官府下令，不准小脚女子进城出城逛城？"

"不错。干嘛？怕了？我不过劝你们把那臭裹脚条子绕开扔了，有嘛难？"

周围一些坏小子听了就笑，拿这两女子找乐开心。陆所长见有人笑，得意得也笑起来。先微笑后小笑然后大笑，笑得脑袋直往后仰。

另一个矮个儿女子忽把两根油炸麻花递上去，叫陆所长接着。

"这要干嘛？"陆所长问。

矮女子嘿嘿笑两声说：

"叫你把它拧开，抻直。"

"奇了，拧开它干嘛。再说麻花拧成这样，哪还能抻直？你吃撑了还是拿我来找乐子？"

"你有嘛乐子？既然抻不直它，放了脚，脚能直？"

陆所长干瞪眼，没话。周围看热闹的都是闲人，哪边风硬帮哪边哄，一见这矮女子挺绝，就朝陆所长哈哈笑。高女子见对方被难住，又压上两句：

"回去问好你娘，再出来卖嘴皮子！小脚好不好，且不论，反正你是小脚女人生的。你敢说你是大脚女人生的？"

这几句算把陆所长钉在这儿。嘴唇上的八字胡赛只大黑蝴蝶嗯扇嗯扇。那些坏小子们哄得更起劲，嘛难听的话都扔出来。两女子"叭"地把油炸麻花摔在他面前，拨头便走。打海大道贴着城墙根进城回家，到前厅就把这事告诉戈香莲，以为香莲准会开心，可香莲没露笑容，好赛家里又生出别的事来。摆摆手，叫杏儿花儿先回屋去。

桃儿进来，香莲问她：

"打听明白了？"

桃儿把门掩了，压低声说：

"全明白了。美子说，昨晚，二少奶奶去她们房里，约四少奶奶到文明讲习所听演讲。但没说哪天，还没去。"

"你说她会去？"香莲秀眉一挑。这是她心里一惊。

"依我瞧……"桃儿把眼珠子挪到眼角寻思一下说，"我瞧会。四少奶奶的脚吃不开。脚不行才琢磨放。美子说，早几个月夜里，四少奶奶就不给她裹了，四少奶奶自己也不裹，松着脚睡。这都是二少奶奶撺掇的！"

"还有嘛？"香莲说。雪白小脸涨得发红。

"今早晌……"

"甭说啦！不就是二少奶奶没裹脚拖拉着睡鞋在廊子上走来走去？我全瞧见了，这就是做给我看的！"

桃儿见香莲嘴巴赛火柿子了，不敢再往下说。香莲偏要再问：

"月兰月桂呢？"

"……"桃儿的话含在嘴里。

"说，甭怕，我不说是你告我的。"

"杏儿说，她姐俩这些天总出去，带些劝说放脚的揭帖回来。杏儿花儿草儿她们全瞧见过。听说月兰还打算去信教，不知打哪儿弄来一本洋佛经。"

戈香莲脸又刷地变得雪白，狠狠说一句："这都是朝我来的！"猛站起身，袖子差点把茶几上的杯子扫下来。吓桃儿一跳。跟手指着门外对桃儿说："你给我传话——全家人这就到当院来！"

桃儿传话下去，不会儿全家人在当院汇齐了。这时候，月兰月桂美子都是大姑娘，加上丫头用人，高高站了一片。香莲板着脸说："近些日子，外边不肃静，咱家也不肃静。"刚说这两句就朝月兰下手，说道："你把打外边弄来的劝放脚的揭帖都拿来，一样不能少。少一样我也知道！"香莲怕话说多，有人心里先防备，索性单刀直入，不给招架的空儿。

白金宝见情形不妙，想替闺女挡一挡。月兰胆小，再给大娘拿话一懵，立时乖乖回屋拿了来，总共几张揭帖一个小本子。一张揭帖是《劝放足歌》，另一张也是《放足歌》，是头几年严修给家中女塾编的，大街上早有人唱过。还一张是早在大清光绪二十七年四川总督发的《劝戒缠足示谕》，更早就见过。新鲜实用厉害要命的倒是那小本子，叫作《劝放脚图》。每篇上有字有画，写着"缠脚原委""各国脚样""缠脚痛苦""缠脚害处""缠脚造孽""放脚缘故""放脚益处""放脚立法""放脚快活"等等几十篇。香莲刷刷翻看，看得月兰心里小鼓嘣嘣响，只等大娘发大火，没想到香莲沉得住气，再逼自己一步：

"还有那本打教堂里弄来的洋佛经呢？"

月兰傻了。真以为大娘一直跟在自己身后边，要不打哪知道的？月桂可比姐姐机灵多了，接过话就说：

"那是街上人给的，不要钱，我们就顺手拿一本夹鞋样子。"

香莲瞧也不瞧月桂，盯住月兰说：

"去拿来！"

月兰拿来。厚厚一本洋书，皮面银口，翻开里边真夹了几片鞋样子。香莲把鞋样抽出来，书交给桃儿，并没发火，说起话心平气和，听起来句句字字都赛打雷：

"市面上放足的风刮得厉害。可咱佟家有咱佟家的规矩。俗话说，国有国规，家有家法，不能错半点。人要没主见，就跟着风儿转！咱佟家的规矩我早说破嘴皮子，不拿心记只拿耳朵也背下来了。今儿咱再说一遍，我可就说这一遍了，记住了——谁要错了规矩我就找谁，可不怪我。总共四条，头一条，谁要放足谁就给我滚出门！第二条，谁要谈放足谁就给我滚出门！第三条，谁要拿、看、藏、传这些淫书淫画谁就给我滚出门！第四条，谁要是偷偷放脚，不管白天夜里，叫我知道立时轰出门！这不是跟我作对，这是成心毁咱佟家！"

最后这三两句话说得董秋蓉和美子脸发热脖子发凉腿发软脚发麻，想把脚缩到裙子里却动不了劲。香莲叫桃儿杏儿几个，把那些帖儿画儿本儿拣巴一堆儿，在砖地上点火烧了，谁也不准走开，都得看着烧。洋佛经有硬皮，赛块砖，不起火。还是桃儿有办法，立起来，好比扇子那样打开，纸中间有空，忽忽一阵火，很快成灰儿，正这时突然来股风噗一下把灰吹起来，然后纷纷扬扬，飞上树头屋顶，眨眼工夫没了。地上一点痕迹也没有。好好的天，哪来这股风。一下过去再没风了。杏儿吐着舌头说：

"别是老爷的魂儿来收走的吧！"

大伙张嘴干瞪眼浑身鸡皮疙瘩头发根发炸,都赛木头棍子戳在那里。

　　这一来,家里给震住,静了,可外边不静。墙里不热闹墙外边正热闹。几位少奶奶不出门,姑娘丫头少不得出去。可月兰月桂美子杏儿花儿草儿学精了,出门回来嘴上赛塞了塞子,嘛也不说,一问就拨楞脑袋。嘴愈不说心里愈有事。人前不说人后说,明着不说暗着说,私下各种消息,都打桃儿那儿传到香莲耳朵里。香莲本想发火,脑子一转又想,家里除去桃儿没人跟自己说真话,自己不出门外边的事全不知道,再发火,桃儿那条线断了,不单家里的事儿摸不着底儿,外边的事儿更摸不到门儿。必得换法子,假装全不知道,暗中支起耳朵来听。这可就愈听愈乱愈凶愈热闹愈糊涂愈揪心愈没辙愈有底愈没根。傻了!

　　据外边传言,官府要废除小脚,立"小足捐",说打六月一号,凡是女人脚小三寸,每天收捐五十文,每长一寸,减少十文,够上六寸,免收捐。这么办不单禁了小脚,国家还白得一大笔捐钱,一举两得,一箭双雕。听说近儿就挨户查女人小脚立捐册。这消息要是真的就等于把小脚女人赶尽杀绝。立时小脚女人躲在家担惊受怕,有的埋金子埋银子埋首饰埋铜板,打算远逃。可跟着又听说,立小足捐这馊主意是个浑蛋官儿出的。他穷极无聊,晚上玩小脚时,忽然冒出这个法儿,好捞钱。其实官府向例反对天足。相反已经对那些不肯缠脚中了邪的女人们立法,交由各局警署究办。总共三条:一、只要天足女人走在街上,马上抓进警署;二、在警署内建立缠足所,备有西洋削足器和裹脚布,自愿裹脚的免费使用裹脚布,硬不肯裹脚的,拿西洋削足器削掉脚指头;三、凡又哭又闹死磨硬泡耍混耍赖的,除去强迫裹脚外,假若闺女,一年以上三年之下,不得嫁人,假若妇人,两年以上,五年以下,不得与丈夫同床共枕,违抗者关进牢里,按处罚期限专人看管。这说法一传,开了锅似的市面,就赛浇下一大瓢冷水霎时静下来。

　　香莲听罢才放下心。没等这口气缓过来,事就来了。这天,有两个穿烤纱袍子的男人,哐哐用劲叩门,进门自称是警署派来的检查员,查验小脚女人放没放脚。正好月兰在门洞里,这两个男人把手中折扇往后脖领上一插，掏把小尺蹲下来量月兰小脚，量着量着借机就捏弄起来，吓得月兰尖叫，又不敢跑。月桂瞧见，躲在影壁后头，捂着嘴装男人粗嗓门猛喝一声：

"抓他俩见官去！"

这两男人放开月兰拔腿就跑。人跑了，月兰还站在那儿哭，家里人赶来一边安慰月兰一边议论这事，说这检查员准是冒牌的，说不定是莲癖，借着查小脚玩小脚。佟家脚太出名太招风，不然不会找上门来。

香莲叫人把大门关严，进出全走后门。于是大门前就一天赛过一天热闹起来。风俗讲习所的人跑到大门对面拿板子席子杆子搭起一座演讲台，几个人轮番上台讲演，就数那位陆所长嗓门高卖力气，扯脖子对着大门喊，声音好赛不是打墙头上飞过，是穿墙壁进来的。香莲坐在厅里，一字一句都听得清楚：

"各位父老乡亲同胞姐妹听了！世上的东西，都有种自然生长的天性。如果有棵树长着长着忽然不长了，人人觉得可惜。如果有人拿绳子把树缠住，不叫它长，人人都得骂这人！可为嘛自己的脚缠着，不叫它长，还不当事？哪个父母不爱女儿？女儿害点病，受点伤，父母就慌神，为嘛缠脚一事却要除外？要说缠脚苦，比闹病苦得多。各位婆婆婶子大姑小姑哪个没尝过？我不必形容，也不忍形容。怪不得洋人说咱中国的父母都是熊心虎心豹心铁打的心！有人说脚大不好嫁，这是为了满足老爷们儿的爱好。男人是人，女人也是人。为了男人喜欢好玩，咱姐妹打四五岁起，早也缠晚也缠，天天缠一直到死也得缠着走！跑不了走不快，连小鸡小鸭也追不上。夏天沤得发臭！冬天冻得长疮！削脚垫！挑鸡眼！苦到头啦！打今儿起，谁要非小脚不娶，就叫他打一辈子光棍，绝后！"

随着这"绝后"两字，顿时一片叫好声呼喊声笑声骂声冲进墙来，里边还有许多女人声音。那姓陆的显然上了兴，嗓门给上劲，更足：

"各位父老乡亲同胞姐妹们，天天听洋人说咱中国软弱，骂咱中国糊涂荒唐窝囊废物，人多没用，一天天欺侮起咱们来。细一琢磨，跟缠脚还有好大关系！世上除去男的就女的，女人裹脚待在家，出头露面只靠男人。社会上好多细心事，比方农医制造，女人干准能胜过男人。在海外女人跟男人一样出门做事。可咱们女人给拴在家，国家人手就少一半。再说，女人缠脚害了体格，生育的孩子就不健壮。国家赛大厦，老百姓都是根根柱子块块砖。土木不坚，大厦何固？如今都嚷嚷要国家强起来，百姓就先强起来，小脚就非废除不可！有人说，放脚，天足，是学洋人，反祖宗。岂不知尧舜禹汤、文武周公、孔圣人时候，哪有缠脚的？众位都读过《孝经》，上边有句话谁都知道，那就是'身体发肤，受之父母，不敢毁伤'，可小脚都毁成嘛德性啦？缠脚才是反祖宗！"

这陆所长的话，真是八面攻，八面守，说得香莲两手冰凉，六神无主，脚没根心没底儿。正这时忽有人在旁边说：

"大娘，他说得倒挺哏，是吧！"

一怔，一瞧，却是白金宝的小闺女月桂笑嘻嘻望着自己。再瞧，再怔，自己竟站在墙根下边斜着身儿朝外听。自己嘛时候打前厅走到这儿的，竟然不知道不觉得，好赛梦游。一明白过来，就先冲月桂骂道：

"滚回屋！这污言秽语的，不脏了你耳朵！"

月桂吓得赶紧回房。

骂走月桂，却骂不走风俗讲习所的人，这伙人没完没了没早没晚没间没断没轻没重天天闹。渐渐演讲不光陆所长几个了，嘛嗓门都有，还有女人上台哭诉缠脚种种苦处。据说来了一队"女人暗杀团"，人人头箍红布，腰扎红带，手握一柄红穗匕首，都是大脚丫都穿大红布鞋，在佟家门前逛来逛去。还拿匕首在地上画上十字往上吐唾沫，不知是嘛咒语。香莲说别信这妖言，可就有人公然拿手"啪啪啪啪"拍大门，愈闹愈凶愈邪，截墙头往里扔砖头土块，稀里哗啦把前院的花盆瓷桌玻璃窗金鱼缸，不是砸裂就是砸碎。一尺多长大鱼打裂口游出来，在地上又翻又跳又蹦，只好撂在面盆米缸里养，可它们在大缸里活惯，换地方不应付，没两天，这些快长成精的鱼王，都把大鼓肚子朝上浮出水来，翻白，玩完。

香莲气极恨极，乱了步子，来一招顾头不顾尾的。派几个用人，打后门出去，趁夜深人静点火把风俗讲习所的棚子烧了。但是，大火一起，水会串锣一响，香莲忽觉事情闹大。自己向例沉得住气，这次为嘛这么冒失？她担心讲习所的人踹门进来砸了她家。就叫人关门上闩，吹灯熄火上床，别出声音。等到外边火灭人散，也不见有人来闹，刚才暗自庆幸，巡夜的小邹子忽然大叫捉贼。桃儿陪着香莲去看，原来后门开着，门闩扔在一边，肯定有贼，也吓得叫喊起来。全家人又都起来，灯影也晃，人影也晃，你撞我我撞你，没找到贼，白金宝突然号啕大哭起来，原来月桂没了。月桂要是真丢，就真要白金宝命了。

当年，"养古斋"被家贼掏空，佟绍华和活受跑掉，再没半点信息。香莲一直揪着心，怕佟绍华回来翻天，佛爷保佑她，绍华再没露面，说怪也怪，难道他死在外边？乔六桥说，多半到上海胡混去了。他打家里弄走那些东西那些钱，一辈子扔着玩也扔不完。这家已经是空架子，回来反叫白金宝拴住。这话听起来有理。一年后，有人说在西沽，一个打大雁的猎户废了不要的草棚子里，发现一具男尸。香莲心一动，派人去看，人脸早成干饼子，却认出衣服当真是佟绍华的。香莲报了官，官府验尸验出脑袋骨上有两道硬砍的裂痕。众人一议，八成十成是活受下手，干掉他，财物独吞跑了。天大的能人也不会料到，佟家几辈子家业，最后落到这个不起眼的小残废人身上。这世上，开头结尾常常不是一出戏。

白金宝也成了寡妇。底气一下子泄了。整天没精打采，人没神，马上见老。两个闺女长大后，渐渐听闺女的了。人小听老的，人老听小的，这是常规。月兰软，月桂强，月桂成了这房头的主心骨，无论是事不是事，都得看月桂点头或摇头。月桂一丢，白金宝站都站不住，趴在地上哭。香莲头次口气软话也软，说道：

"我就一个丢了，你丢一个还有一个，总比我强。再说家里还这么多人，有事靠大伙吧！"

说完扭身走了。几个丫头看见大少奶奶眼珠子赛两个水滴儿直颤悠，没错又想起莲心。

大伙商量，天一亮，分两拨人，一拨找月桂一拨去报官。可是天刚亮，外边一阵砖头雨飞进来。落到当院和屋顶，有些半头砖好比下大雹子，砸得瓦片劈里啪啦往下掉。原来讲习所的人见台子烧了，猜准是佟家人干的。闹着把佟家也烧了，小脚全废了。隔墙火把拖着一溜溜黑烟落到院里，还咚咚撞大门，声音赛过打大雷。吓得一家子小脚女人打头到脚哆嗦成一个儿。到晌午，人没闯进来，外边还聚着大堆人又喊又骂，还有小孩子们没完没了唱道：

"放小脚，放小脚，小脚女人不能跑！"

香莲紧闭小嘴，半句话不说，在前厅静静坐了一上午。中晌过后，面容忽然舒展开，把全家人招集来说：

"人活着，一是为个理，二是为口气。咱佟家占着理，就不能丧气，还得争气。不争气还不如死了肃静。他们不是说小脚不好？咱给他们亮个样儿。我想出个辙来——哎，桃儿，你和杏儿去把各种鞋料各种家伙全搬到这儿来，咱改改样子，叫他们新鲜新鲜。给天下小脚女子坐劲！"

几个丫头备齐鞋料家伙。香莲铺纸拿笔画个样儿，叫大伙照样做。这家人造鞋的能耐都跟潘妈学的，全是行家里手。无论嘛新样，一点就透。香莲这鞋要紧是改了鞋口。小鞋向例尖口，她改成圆口，打尖头反合脸到脚面，挖出二三分宽的圆儿，前头安个绣花小鸟头，鸟嘴叼小金豆或坠下一溜串珠。再一个要紧的是两边鞋帮缝上五彩流苏穗子，兜到鞋跟。大伙忙了大半日，各自做好穿上，低头瞧，从来没见自己小脚这么招人爱，翻一翻新，提一提神，都高兴得直叫唤。

桃儿把一对绣花小雀头拿给香莲，叫她安在鞋尖上。

香莲说："大伙快来瞧！"拿给大伙看。

初看赛活的，再看一根毛是一根丝线，少数几千根毛，就得几千根丝线几千针，颜色更是千变万化，看得眼珠子快掉出来还不够使的。

"你嘛时候绣的。"香莲问。

桃儿笑道：

"这是我压箱底儿的东西。绣了整整一百天。当年老爷就是看到我这对小鸟头才叫我进这门的。"

香莲点头没吭声。心里还是服气佟忍安的眼力。

"桃儿,你这两下子赶明儿也教教我吧!"美子说。

桃儿没吭声,笑眯眯瞅她一眼,拿起一根银白丝线,捏在食指和大拇指中间一捻,立时捻成几十股,每股都细得赛过蜘蛛丝,她只抽出其中一根,其余全扔了。再打坠在胸前的荷包上摘一根小如牛毛的针儿,根本看不见针眼。桃儿翘翘的兰花指捏着小针,手腕微微一抖,丝线就穿上,递给美子说:

"拿好了。"

美子只觉自己两只手又大又粗又硬又不听使唤,叫着:"看不见针在哪儿线在哪儿。"一捏没捏着。"哦,掉了?"

桃儿打地上拾起来再给她。她没捏住又掉了。这下不单美子,谁也没见针线在哪儿。桃儿两指在美子的裙子上一捏,没见丝线,却见牛毛小针坠在手指下边半尺的地方闪闪晃着。

"今儿才知道桃儿有这能耐。我这辈子也甭想学会!"美子说。又羡慕又赞美又自愧又懊丧,直摇头,咂嘴。

众人全笑了。

这当儿,香莲已经把绣花雀头安在自己鞋上。脚尖一动,鸟头一扬,五光十色一闪。

丢了闺女闷闷不乐的白金宝,也忍不住说:

"这下真能叫那些人看傻了眼!"

董秋蓉说:"就是这圆口……看上去有点怪赛的。"刚说到这儿马上打住,她怕香莲不高兴,便装出笑脸来对着香莲。

桃儿说:

"四少奶奶这话差了。如今总是老样子甭想过得去,换新样还未准成。再说,改了样儿还是小脚,也不是大脚呀。"

桃儿虽是丫头,当下地位并不在董秋蓉之下。谁都知道她在当年香莲赛脚夺魁时立了大功,香莲那身绣服就是桃儿精心做的,眼下又是香莲眼线心腹，白金宝也怵她一头。说话口气不觉直了些，可她的话在理，众人都说对，香莲也点头表示正合自己心意。

转天大早，外边正热闹，佟家一家人换好新式小鞋，要出门示威。董秋蓉说："我心跳到嗓子眼儿了。"她拿美子的手按着自己心口。

美子另只手拿起杏儿的手，按在她自己胸口上。杏儿吐舌头说：

"快要蹦出来啦！"

美子说：

"哟，我娘的心不跳了！"

一下吓得董秋蓉脸刷白，以为自己死了。

香莲把脸一绷说："当年十二寡妇征西，今儿咱们虽然只三个，门外也没有十万胡兵！小邬子，大门打开！"这话说得赛去拚死。众人给这话狠狠捅一家伙，劲儿反都激起来。想想这些天就赛给黄鼠狼憋在笼里的鸡，不能动弹不能出声，窝囊透了。拚死也是拚命呗。想到这儿，一时反倒没一个怕的了。

外边，一群人正往大门扔泥团子。门板上粘满泥疙瘩，谁也不信佟家人敢出来。可是大门哗啦一声大敞四开，门外人反吓得往后退，胆小的撒丫子就跑。只见香莲带领一群穿花戴艳的女人神气十足走出门来。这下事出意外，竟没人哄闹，却听有人叫："瞧小脚，快瞧小脚，多俊！多俊呀！"所有人禁不住把眼珠子都撂在她们小脚上。

这脚丫子一看官傻，妇人闺女们看了更傻。香莲早嘱咐好，今儿上街走道，两只鞋不能总藏着，时不时亮它一亮。每一亮脚，都得把鞋口露一下，好叫人们看出新奇之处。迈步时，脚脖子给上劲，一甩一甩，要把钉在鞋帮上的穗子甩起来。佟家女人就全拿出来多年的修行和真能耐真本事真功夫，一步三扭，肩扭腰扭屁股扭，跟手脚脖子一扬，鞋帮上的五彩穗子刷刷飘起，真赛五色金鱼在裙底游来游去。每一亮脚，都引来一片惊叹傻叫。没人再敢起哄想到起哄。一些小闺女们跟在旁边走着瞧，瞧得清也瞧不清，恨不得把眼珠子扔到那些裙子下边去瞧。

香莲见把人们胃口吊起，马上带头折返回家，跨进门坎就把大门

"哐"地关上，声音贼响，赛是给外边人当头一闷棍。一个不剩全懵了，有的眼不眨劲不动气不喘，活的赛死的了。

这一下佟家人翻过身来。惹起全城人对小脚的重新喜爱。心灵手巧的闺女媳妇们照着那天所见的样子做了鞋，穿出来在大街上显示，跟手有人再学，立时这鞋成时髦。认真的人便到佟家敲门打听鞋样。香莲早算到这步棋，叫全家人描了许多鞋样预备好，人要就给。有人问：

"这叫嘛鞋？"

鞋本无名。桃儿看到这圆圆的鞋口，顺嘴说：

"月亮门。"

"鞋帮上的穗子叫嘛？"

"月亮胡子呗！"

一时，月亮门和月亮胡子踏遍全城。据一些来要鞋样子的女人们说，混星子头小尊王五的老婆是小脚，前些天在东门外叫风俗讲习所的人拦住一通辱骂，惹火王五带人把讲习所端了。不管这话真假，反正陆所长不再来门口讲演，也没人再来捣乱闹事。香莲占上风却并不缓手，在配色使料出样上帮粘底钉带安鼻内里外面前尖后跟挖口缘墙，没一处没用尽心思费尽心血，新样子一样代替一样压过一样，冲底鞋网子鞋鸦头鞋凤头鞋弯弓鞋新月鞋，后来拿出一种更奇特鞋样又一震。这鞋把圆口改回为尖口，但去掉"裹足面"那块布，合脸以上拿白线织网，交织花样费尽心思，有象眼样纬线样万字样凤尾样橄榄样老钱样连环套圈样祥云无边样，极是美观。更妙的是底子，不用木头，改用葛贝，十几层纳在一块，做成通底。再拿耳茶涂底墙，烙铁一熨成棕色，赛皮底却比皮底还轻还薄还软还舒服。勾得大闺女小媳妇们爱得入迷爱得发狂。香莲叫家里人赶着做，天天放在门口给人们看着学着去做，鞋名因那象眼图案便叫作"万象更新鞋"。极合一时潮流，名声又灌满天津卫。连时髦人、文明人也愿意拿嘴说一说这名字——万象更新。爱鞋更爱脚，反小脚的腔调不知不觉就软下来低下来。

这天，乔六桥来佟家串门。十年过去，老了许多，上下牙都缺着，张嘴几个小黑洞。脸皮干得发光没色，辫子细得赛小猪尾巴了。佟忍安过世后他不大来，这阵子一闹更不见了。今儿坐下来就说：

"原来你还不知道，讲习所那陆所长就是陆达夫陆四爷？"

香莲"呀"一声，惊得半天才说出话来：

"我哪里认出来，还是公公活着时随你们来过几趟，如今辫子剪了，留胡儿，戴镜子，更看不出，经您这么一说，倒真像，声音也像……可是我跟他无冤无仇，干嘛他朝我来？"

"树大招风。天津卫谁不知佟家脚，谁不知佟大少奶奶的脚。人家是文明派，反小脚不反你反谁？反个不出名的婆子有嘛劲！"乔六桥咧嘴笑了。一笑还是那轻狂样儿。

"这奇了，他不是好喜小脚吗？怎么又反？别人不知他的底吧，下次叫我撞上，就揭他老底给众人看。"香莲气呼呼说。

"那倒不必，他已然叫风俗讲习所的人轰出来了！"

"为嘛？"香莲问，"您别总叫我糊涂着好不好？"

"你听着呵，我今儿要告你自然全告你。据说陆四爷每天晚上到所里写讲稿，所里有人见他每次手里都提个小皮箱，写稿前，关上门，打开小皮箱拿鼻子赛狗似的一通闻。别人打门缝里瞅见的。有天趁他不在，撬门进去打开皮箱，以为是上好的鼻烟香粉或嘛新奇的洋玩意儿，一瞧——你猜是嘛？"

"嘛？"

乔六桥哈哈大笑，满脸折子全出来了：

"是一箱子绣花小鞋！原来他提笔前必得闻闻莲瓣味儿，提起精神，文思才来。您说陆四爷怪不怪？闻小鞋，反小脚，也算天下奇闻。所里人火了，正巧您的月亮门再一闹，讲习所吃不住劲，起了内讧，把他连那箱子小鞋全扔出来。这话不知渗多少水分，反正我一直没见到他。"

香莲听罢，脸上的惊奇反不见了。她说：

"这事，我信。"

"您为嘛信呢？"

"您要是我,您也会信。"

乔六桥给香莲说得半懂不懂似懂非懂。他本是好事人。好事人凡事都好奇。但如今他年岁不同,常常心里想问,嘴懒了。

香莲对他说:

"您常在外边跑,我拜托您一件事。替我打听打听月桂有没有下落。"

四天后,乔六桥来送信说:

"甭再找了。"

"死了?"香莲吓一跳。

"怎么死,活得可好。不过您决不会再认这个侄女!"

"偷嫁了洋人?"

"不不,加入了天足会。"

"嘛?天足会,哪儿又来个天足会?"

她心一紧,怕今后不会再有肃静的一天了。

第十四回　缠放缠放缠放缠

半年里，香莲赛老了十岁！

天天梳头，都篦下小半把头发，脑门渐渐见宽，嘴巴肉往下耷拉脸也显长了，眼皮多几圈折子，总带着乏劲。这都是给天足会干的。

虽说头年冬天，革命党谋反不成，各党各会纷纷散了，唯独天足会没散，可谁也不知它会址安在哪儿。有的说在紫竹林意国租界，有的说就在中街戈登堂里，尽管租界离城池不过四五里地，香莲从没去过，便把天足会想象得跟教堂那样一座尖顶大楼，一群撒野的娘儿们光大脚丫子在里头打闹演讲聊大天骂小脚立大顶翻跟斗，跟洋人睡觉，叫洋人玩大脚，还凑一堆儿，琢磨出各种歹毒法子对付她。她家门口，不时给糊上红纸黄纸白纸写的标语。上边写道：

"叫女子缠足的家长，狠如毒蛇猛兽！"

"不肯放足的女子，是甘当男子玩物！"

"娶小脚女子为妻的男子，是时代叛徒！"

"扔去裹脚布，挺身站起来！"

署名大多是"天足会"，也有写着"放足会"。不知天足会和放足会是一码事还是两码事。月桂究竟在哪个会里头？白金宝想闺女想得厉害，就偷偷跑到门口，眼瞅着标语上"天足会"三个字发呆发怔，一站半天。这事儿也没跑出香莲眼睛耳朵，香莲放在心里装不知道就是了。

这时，东西南北四个城门，鼓楼、海大道、宫南宫北官银号，各个寺庙，大小教堂，男女学堂，北方师范学堂，工艺学堂，高等女学堂，女子小学堂，如意庵官立中学堂，这些门前道边街头巷尾旗杆灯柱下边，都摆个大箩筐，上贴黄纸，写"放脚好得自由"六个字。真有人把小鞋裹脚布扔在筐里。可没放几天，就叫人偷偷劈了烧了抛进河里或扣过来。教堂和学堂前的筐没人敢动，居然半下子小鞋。布的绸的麻的纱的绫的缎的花的素的尖的肥的新的旧的破的都有。这一来，就能见到放脚的女人当街走。有人骂有人笑有人瞧新鲜也有人羡慕，悄悄松开自己脚布试试。放脚的女人，乍一松开，脚底赛断了根，走起来前跌后仰东倒西歪左扶右摸，坏小子们就叫："看呀，高跷会来了！"

一天有个老婆子居然放了脚，打北门晃晃悠悠走进城。有人骂她："老不死的！小闺女不懂事，你都快活成精了也不懂人事！"还有些孩子跟在后边叫，说她屁股上趴个蝎子，吓得这老婆子撒腿就跑，可没出去两步就趴在地上。

要是照过去，大脚闺女上街就挨骂，走路总把脚往裙边裤脚里藏，现在不怕了，索性把裤腰提起来裤腿扎起来，亮出大脚，显出生气，走起路，噔噔噔，健步如飞。小脚女人只能干瞪眼瞧。反挤得一些小脚女人想法缝双大鞋，套在小鞋外边，前后左右塞上棉花烂布，假充大脚。有些洋学堂的女学生，找鞋铺特制一种西洋高跟皮鞋，大小四五寸，前头尖，后跟高。皮子硬，套在脚上有紧绷劲儿，跟裹脚差不多，走路毫不摇晃，虽然还是小脚，却不算裹脚，倒赢得摩登女子美名。这法儿在当时算是最绝最妙最省力最见效最落好的。

正经小脚女人在外边，只要和她们相遇，必定赛仇人一样，互相开骂。小脚骂大脚"大瓦片""仙人掌""大驴脸""黄瓜种",大脚骂小脚"馊粽子""臭蹄子""狗不理包子",骂到上火时,对着吐唾沫。引得路人闲人看乐找乐。

这些事天天往香莲耳朵里灌,她没别的辙,只能尽心出新样,把人们兴趣往小鞋上引。渐渐就觉出肚子空了没新词了拿不住人了。可眼下,自己就赛自己的脚,只要一松,几十年的劲白使,家里家外全玩完。只有一条道儿:打起精神顶着干。

一天,忽然一个短发时髦女子跌跌撞撞走进佟家大门。桃儿几个上去看,都失声叫起来:"二小姐回来了!"可再看,月桂的神色不对,赶快扶回屋。全家人闻声都扭出房来看月桂,月桂正扎她娘怀里哭成一个儿,白金宝抹泪,月兰也在旁边抹泪。吓得大伙猜她多半给洋人拐去,玩了脚失了贞。静下来,经香莲一问,嘛事没有,也没加入天足会放足会。她是随后街一个姓谢的闺女,偷偷去上女子学堂。女学生都兴放足,她倒是放了脚。香莲瞅了一眼她脚下平底大布鞋,冷冷说:

"放脚不可以跑吗?干嘛回来?哭嘛?"

月桂抽抽搭搭委委屈屈说:"您瞧,大娘……"就脱下平底大鞋,又脱下白洋线袜,光着一双脚没缠布,可并没放开。反倒赛白水煮鸭子,松松垮垮浮浮囊囊,脚指头全都紧紧拳着根本打不开,上下左右磨得满是血泡,跌面肿得老高。看去怪可怜。

香莲说:"这苦是你自己找的,受着吧!"说了转身回去。

旁人也不敢多待,悄悄劝了月桂金宝几句,纷纷散了。

多年来香莲好独坐着。白天在前厅,后晌在房里,人在旁边不耐烦,打发走开。可自打月桂回来,香莲好赛单身坐不住了,常常叫桃儿在一边作伴。有时夜里也叫桃儿来。两人坐着,很少三两句话。桃儿凑在油灯光里绣花儿,香莲坐在床边呆呆瞧着黑黑空空的屋角。一在明处,一在暗处,桃儿引她说话她不说,又不叫桃儿走开。桃儿悄悄撩起眼皮瞅她,又白又净又素的脸上任嘛看不出。这就叫桃儿费心思来——这两天吃饭时,香莲又拿话呛白金宝。自打月桂丢了半年多她对白金宝随和多了，可月桂一回家又变回来，对白金宝好大气。如果为了月桂，为嘛对月桂倒没嘛气？

过两天早上，她给香莲收拾房子，忽见床幛子上挂一串丝线缠的五彩小粽子。还是十多年前过端午节时，桃儿给莲心缠了挂在脖子上避邪的。桃儿是细心人。打莲心丢了，桃儿暗暗把房里莲心玩的用的穿的戴的杂七杂八东西全都收拾走。叫她看不见莲心的影儿。香莲明知却不问，两个人心照不宣。可她又打哪儿找到这串小粽子，难道一直存在身边？看上去好好的一点没损害，显然又是新近挂在幛子上的。桃儿心里赛小镜子，突然把香莲心里一切都照出来。她偷偷跪在床边，扬手把小粽子摘下拿走。

下晌香莲就在屋里大喊大叫。桃儿正在井边搓脚布，待跑来时，杏儿不知嘛事也赶到。只见香莲通红着脸，床幛子扯掉一大块。枕头枕巾炕扫帚床单子全扔在地上。地上还横一根竹竿子。床底下睡鞋尿桶纸盒衣扣老钱，带着尘土全扒出来，上面还有些蜘蛛潮虫子在爬。桃儿心里立时明白。香莲挑起眉毛才要直问桃儿，见杏儿在一旁便静了，转口问杏儿：

"这几天，月桂那死丫头跟你散嘛毒了？"

杏儿说：

"没呀，二少奶奶不叫她跟我们说话。"

香莲沉一下说："我要是听见你传说那些邪魔外道的话，撕破你的嘴！"说完就去到前厅。

整整一个后晌坐在前厅动都不动，赛死人。直到天黑，桃儿去屋里铺好床，点上蜡烛，放好脚盆脚布热水壶，唤香莲去睡。香莲进屋一眼看见那小粽子仍旧挂在原处，立时赛活了过来似的，叫桃儿来，脸上不挂笑也不吭声，送给桃儿一对羊脂玉琢成的心样小耳环。

杏儿糊里糊涂挨了骂，挨了骂更糊涂。自打月桂回家后，香莲暗中嘱咐杏儿看住月桂，听她跟家里人说些嘛话。白金宝何等精明，根本不

四少奶奶董秋蓉和美子

三寸金莲

月桂和月兰

叫月桂出屋，吃喝端进屎尿端出，谁来都拿好话拦在门坎外边。只有夜静三更，娘仨聚在一堆，黑着灯儿说话。月桂啄起小嘴，把半年来外边种种希罕事喊喊嚓嚓叨叨出来。

"妹子，你们那里还学个嘛？"月兰说。

"除去国文、算术，还有生理跟化学……"

"嘛嘛？嘛叫生——理？"

"就是叫你知道人身上都有嘛玩意儿。不单学看得见的，眼睛鼻子嘴牙舌头，还学看不见的里边的，比方心、肺、胃、肠子、脑子，都在哪儿，嘛样儿，有嘛用。"月桂说。

"脑子不就是心吗？"月兰说。

"脑子不是心，脑子是想事记事的。"

"哪有说拿脑子想事，不都说拿心想事记事吗？"

"心不能想事。"月桂在月光里小脸甜甜笑了，手指捅捅月兰脑袋说："脑子在这里边。"又捅捅月兰胸口说："心在这儿。你琢磨琢磨，你拿哪个想事？"

月兰寻思一下说：

"还真你对。那心是干嘛用的呢？"

"心是存血的。身上的血都打这里边流出来，转个圈再流回去。"

"呀！血还流呀！多吓人呀！这别是唬弄人吧？"月兰说。

"你哪懂，这叫科学，"月桂说，"你不信，我可不说啦！"

"谁不信，你说呀，你刚刚说嘛？嘛？你那个词儿是嘛？再说一遍……"月兰说。

白金宝说：

"月兰你别总打岔，好好听你妹子说……月桂，听说洋学堂里男男女女混在一堆儿，还在地上乱打滚儿。这可是有人亲眼瞧见的。"

"也是胡说。那是上体育课，可哏啦，可惜说了你们也不明白……要不是脚磨出血泡，我才不回来呢！"月桂说。

"别说这绝话！叫你大娘听见缝上你嘴……"白金宝吓唬她，脸上带着疼爱甚至崇拜，真拿闺女当圣人了，"我问你，学堂里是不是养一群大狼狗，专咬小脚？你的脚别是叫狗咬了吧！"

"没那事儿！根本没人逼你放脚。只是人人放脚，你不放，自个儿就别扭慌。可放脚也不好受。发散，没边没沿，没抓挠劲儿，还疼，疼得实在受不住才回来，我真恨我这双脚……"

第二天一早，白金宝就给月桂的脚上药，拿布紧紧裹上。松了一阵子的脚，乍穿小鞋还进不去，就叫月兰找婶子董秋蓉借双稍大些的穿上。月桂走几步，觉得生，再走几步，就熟了。在院里遛遛真比放脚舒服听话随意自如。月兰说：

"还是裹脚好，是不？"

月桂想摇头，但脚得劲，就没摇头，也没点头。

香莲隔窗看见月桂在当院走来走去，小脸笑着，露一口小白牙。她忽然灵机一动有了主意，打发小邬子去把乔六桥请来，商量整整半天，乔六桥回去一通忙，没过半月，就在《白话报》上见了篇不得了的文章。题目叫作《致有志复缠之姐妹》，一下子抓住人，上边说：

  古人爱金莲，今人爱天足，并无落伍与进化之区别。古女皆缠足，今女多天足，也非野蛮与文明之不同。不过"俗随地异，美因时变"而已。

  假若说，缠足妇女是玩物，那么，家家坟地所埋的女祖宗，有几个不是玩物？现今文明人有几个不是打那些玩物肚子里爬出来的？以古人眼光议论今人是非，固然顽梗不化；以今人见解批评古人短长，更是浑蛋之极。正如寒带人骂热带人不该赤臂，热带人骂寒带人不该穿皮袄戴皮帽。

  假若说缠足女子，失去自然美，矫矜造作，那么时髦女子烫发束胸穿高跟皮鞋呢？何尝不逆反自然？不过那些时髦玩意是打外洋传来的，外国盛强，所以中国以学外洋恶俗为时髦，假若中国是世界第一强国，安见得洋人女子不缠足？

假若说小脚奇臭，不无道理，要知"世无不臭之足"。两手摩擦，尚发臭气，两脚裹在鞋里整天走，臭气不能消散，脚比手臭，理所当然。难道天足的脚能比手香？哪个文明人拿鼻子闻过？

假若说，缠足女子弱，则国不强。为何非澳土著妇女体强身健，甚于欧美日本，反不能自强，亡国为奴？

众姐妹如听放脚胡说，一旦松开脚布，定然不能行走。折骨缩肉，焉能恢复？反而叫天足的看不上，裹脚的看不起，姥姥不听舅舅不爱。别人随口一夸是假的，自己受罪是真的。不如及早回头，重行复缠，否则一再放纵，后悔晚矣！复缠偶有微疼，比初缠之苦差百倍，更比放脚之苦强百倍。须知肉体一分不适，精神永久快乐。古今女子，天赋爱美。最美女子都在种种不适之中。没规矩不能成方圆，无约束难以得至美。若要步入大雅之林，成就脚中之宝，缠脚女子切勿放脚，放脚女子有志复缠，有志复缠女子们当排除邪议，勇气当胸，以夺人间至美锦标，吾当祝尔成功，并祝莲界万岁！

文章署名不是乔六桥，而是有意用出一个"保莲女士"。这些话，算把十多年来对小脚种种贬斥诋毁挖苦辱骂全都有条有理有据有力驳了，也把放脚种种理由一样样挖苦尽了辱骂个够。文章出来，惊动天下。当天卖报的京报房铁门，都给挤得变形，跟手便有不少女人写信送到京报房，叙述自打大脚猖獗以来自己小脚受冷淡之苦，放脚不能走道之苦，复缠不得要领及手法之苦。真不知天底还有这么多人对放脚如此不快不适不满。抓住这不满就大有文章可做。

这"保莲女士"是谁呢，哪儿去找这救人救世的救星？到处有人打听，很快就传出来"保莲女士"就是佟家大少奶奶戈香莲。这倒不是乔六桥散播的，而是桃儿有意悄悄告诉一个挑担卖脂粉的贩子。这贩子是出名的快嘴和快腿，一下比刮风还快吹遍全城。立时有成百上千放脚的女人到佟家请"保莲女士"帮忙复缠。天天大早，佟家开大门时，好比庚子年前早上开北城门一样热闹。一瘸一拐跌跌撞撞晃晃悠悠拥进来，有的还搀着扶着架着背着扛着抬着拖着，伸出的脚有的肿有的破有的烂有的变样有的变色有的变味嘛样都有。在这阵势下，戈香莲就立起"复缠会"，自称会长。这"保莲女士"的绰号，城里城外凡有耳朵不聋的，一天至少能听到三遍。

保莲女士自有一套复缠的器具用品药品手法方法和种种诀窍。比方：晨起热浸，松紧合度，移神忘疼，卧垫高枕，求稳莫急，调整脚步。这二十四字的《复缠诀》必得先读熟背熟。如生鸡眼，用棉胶圈垫在脚底，自然不疼；如放脚日子过长，脚肉变硬不利复缠，使一种"金莲柔肌散"或"软玉温香粉"；如脚破生疮瘀血化脓烂生恶肉就使"蜈蚣去腐膏"或吞服"生肌回春丸"。还有各种活血松肉紧肌软骨止疼止酸止麻止木止痒的秘方和成药。这些全是参照潘妈的裹足经，按照复缠不同情形，琢磨出的法儿，都奏了奇效。连一个女子放了两年脚，脚跟胀成鸭梨赛的，也都没好重新缠得有模有样有姿有态。津门女人真拿她当作现身娘娘，烧香送匾送钱送东西给她。她要名不要利，财物一概不收，自制的用品药物也只收工本钱，免得叫脏心烂肺人毁她名声。惟有送来的大匾里里外外挂起来，烧香也不拒绝。佟家整天给香烟围着绕着罩着熏着，赛大庙，一时闹翻天。

忽一天，大门上贴一张画：

下边署着"天足会制"，把来复缠的女人吓跑一半。以为这儿又要打架闹事。香莲忙找来乔六桥商量。乔六桥说：

"顶好找人也画张画儿，画天足女子穿高跟鞋的丑样，登在《白话报》上，恶心恶心他们。可惜牛五爷走了，一去无音，不然他准干，他是莲癖，保管憎恨天足。"

香莲没言语，乔六桥走后，香莲派桃儿杏儿俩去找华琳，请他帮忙。桃儿杏儿马上就去，找到华家敲门没人，一推门开了，进院子敲屋门没人，一推屋门又开了。华琳竟然就在屋里，面对墙上一张白纸呆呆站着。扭脸看见桃儿杏儿，也不惊奇，好赛不认得，手指白纸连连说："好画！好画！"随后就一声接一声唉唉叹长气。

矯揉造作
戕害天和

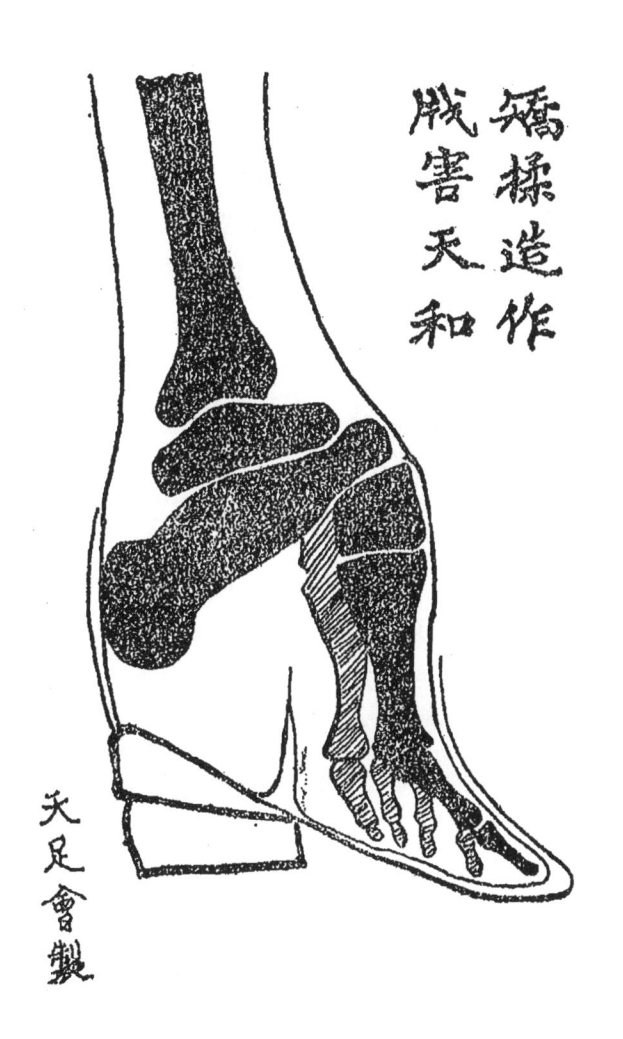

天足會製

桃儿见他多半疯了，吓得一抓杏儿的手赶紧跑出来。迎面给一群小子堵上，看模样赛混星子，叫着要看小脚。她俩见势不妙，拨头就跑，可惜小脚跑不了，杏儿给按住，桃儿反趁机窜进岔道溜掉。那些小子强把杏儿鞋脱了，裹脚布解了，一人摸一把光光的小脚丫，还把两只小鞋扔上房。

桃儿逃到家，香莲知道出事，正要叫人去救杏儿，杏儿光脚回来了，后边跟一群拍手起哄小孩子。她披头散发，脸给自己拿土抹了，怕人认出来。可见了香莲就不住声叫着："好脚呵好脚，好脚呵好脚！"叫完仰脸哈哈大笑，还非要桃儿拿梯子上房给她找小鞋不可，眼神一只往这边斜，另只往那边斜，好吓人，手脚忽东忽西没准。香莲见她这是惊疯，上去抢起胳膊使足劲"啪"一巴掌，骂道：

"没囊没肺，你不会跟他们拚！"

这大巴掌打得杏儿趴在地上哭起来，一地眼泪。香莲这才叫桃儿花儿草儿，把她弄回屋，灌药，叫她睡。

桃儿说：

"这一准是天足会干的。"

香莲皱眉头呆半天，忽叫月桂来问：

"你可知道天足会。"

"知道。不过没往他们那儿去过。只见过他们会长。"

"会长？谁？"

"是个闺女，时髦打扮，模样可俊呢！"月桂说得露出笑容和羡慕。

"没问你嘛样，问你嘛人！"

吓得月桂赶紧收起笑容，说：

"那可不知道。只见她一双天足，穿高跟鞋，她到我们——不，到洋学堂里演讲，学生们待她……"

"没问学生待她怎样。她住在哪儿？"

"哟，这也不知道。听说天足会在英国地十七号路球场对过，门口挂着牌子……"

"你去过租界?"

月桂吞吞吐吐:

"去过……可就去过一次……先生领我们去看洋人赛马,那些洋人……"

"没问你洋人怎么逞妖。那闺女叫嘛?"

"叫俊英,姓……牛,对,人都叫她牛俊英女士。她这人可真是精神,她……"

"好!打住!"香莲赛拿刀切断她的话,摆摆手冷冷说,"你回屋去吧!"

完事香莲一人坐在前厅,不动劲,不叫任何人在身边陪伴,打天亮坐到天黑坐到点灯坐到打更整整一夜。桃儿夜里几次醒来,透过窗缝看见前厅孤孤一盏油灯儿前,香莲孤零零孤单单影儿。迷迷糊糊还见香莲提着灯笼到佟忍安门前站了许久,又到潘妈屋前站了许久。自打佟忍安潘妈死后,那两屋子一直上锁,只有老鼠响动,或是天暗时一只两只三只蝙蝠打破窗洞飞出来。这一夜间,还不时响起杏儿的哭声笑声说胡话声……转天醒来,脑袋发沉,不知昨夜那情景是真眼瞧见还是做梦。她起身要去叫香莲起床,却见香莲已好好坐在前厅。又不知早早起了还是一夜没回屋。神气好比吃了秤砣铁了心,沉静非常,正在把一封书信交给小邬子,嘱咐他往租界里的天足会跑一趟,把信面交那个姓牛的小洋娘们儿!

中晌,小邬子回来,带信说,天足会遵照保莲女士倡议,三天后在马家口的文明大讲堂,与复缠会一决高低。

月亮门鞋(仰) 　　月亮门鞋(俯) 　　月亮胡子 　　万象更新鞋

第十五回　天足会会长牛俊英

马家口一座灰砖大房子门前，人聚得赛蚂蚁打架。虽说瞧热闹来的人不少，更多还是天足缠足两派的信徒。要看自己首领与人家首领，谁强谁弱谁胜谁败谁更能耐谁废物。信徒碰上信徒，必定豁命。世上的事就这样，认真起来，拿死当玩；两边头儿没来，人群中难免互相摩擦斗嘴做怪脸说脏话厮厮打打扔瓜皮梨核柿子土片小石子，还把脚亮出来气对方。小脚女子以为小脚美，亮出来就惹得天足女子一阵哄笑，天足女子以为天足美，大脚一扬更惹得小脚女子捂眼捂鼻子捂脸。各拿自己尺子量人家，就乱了套。相互揪住衣襟袖口脖领腰带，有几个扯一起，劲一大，打台阶呼噜噜轱辘下来，首领还没干，底下人先干起来，下边比上边闹得热闹，这也是常事。

一阵开道锣响，真叫人以为回到大清时候，府县大人来了那样。打远处当真过来一队轿子，后边跟随一大群男男女女，女的一码小脚，男的一码辫子。当下大街上，剪辫子、留辫子、光头、平头、中分头、缠脚、"缠足放"、复缠脚、天足、假天足、假小脚、半缠半放脚，全杂在一起，要嘛样有嘛样，可是单把留辫子男人和小脚女人聚在一堆儿，也不易。这些人都是"保莲女士"的铁杆门徒，不少女子复缠得了戈香莲的恩泽。今儿见她出战天足会，沿途站立拈香等候，轿子一来就随在后边给首领壮威，一路上加入的人愈来愈多，香烟滚滚黄土腾腾到达马家口，竟足有两三百人。立时使大讲堂门前天足派的人显得势单力薄。可人少劲不小，有人喊一嗓子："棺材瓢子都出来啦！"天足派齐声哈哈笑。

不等缠足派报复，一排轿子全停住，轿帘一撩，戈香莲先走出来，许多人还是头次见到这声名盖世的人物。她脸好冷好淡好静好美，一下竟把这千百人大场面压得死静死静。跟手下轿子的是白金宝、董秋蓉、月兰、月桂、美子、桃儿、花儿、草儿，还有约来的津门缠足一边顶梁人物严美荔、刘小小、何飞燕、孔慕雅、孙姣凤、丁翠姑和汪老奶奶。四周一些缠足迷和莲癖，能够指着人道出姓名来。听人们一说，这派将帅大都出齐，尤其汪老奶奶与佟忍安同辈，算是先辈，轻易不上街，天天却在《白话报》上狠骂天足"不算脚"，只露其名不现其身，今儿居然拄着拐杖到来。眼睛虚乎面皮晃白，在大太阳地一站好赛一条灰影。这表明今儿事情非同小可。比拼死还高一层，叫决死。

众人再看这一行人打扮，大眼瞪小眼，更是连惊叹声也发不出。多年不见的前清装束全搬出来。老东西那份讲究，今人决做不到。单是脑袋上各式发髻，都叫在场的小闺女看傻了。比方堕马髻双盘髻一字髻元宝髻盘辫髻香瓜髻蝙蝠髻云头髻佛手髻鱼头髻笔架髻双鱼髻双鹊髻双凤髻双龙髻四龙髻八龙髻百龙髻百鸟髻百鸟朝凤髻百凤朝阳髻一日当空髻。汪老太太梳的苏州橛子也是嘉道年间的旧式，后脑勺一缕不用线扎单靠挽法就赛喜鹊尾巴硬挺挺撅起来。一些老婆婆，看到这先朝旧景，勾起心思，鼻子一酸，噼里啪啦掉下泪来。

佟家脚，天下绝。过去只听说，今儿才眼见。都说看景不如听景，可这见到的比听到的绝得何止百倍。这些五光十色小脚在裙子下边咻咻溜溜忽出忽进忽藏忽露忽有忽无，看得眼珠子发花，再想稳住劲瞧，小脚全没了。原来，一行人已经进了大讲堂。众人好赛梦醒，急匆匆跟进去。马上把讲堂里边拥个大满罐。

香莲进来上下左右一瞧，这是个大筒房，倒赛哪家货栈的库房，到顶足有五丈高，高处一横排玻璃天窗，奓拉一根根挺长的拉窗户用的麻绳子。迎面一座木头搭的高台，有桌有椅，墙壁挂着两面交叉的五色旗，上悬一幅标语："要做文明人，先立文明脚。"四边墙上贴满天足会的口号，字儿写得倒不错，天足会里真是有能人。

两个男子臂缠"天足会"袖箍飞似地走来一停，态度却很是恭敬，请戈香莲一行台上去坐。香莲率领人马上台一看，桌椅八字样分列两边，单看摆法就拉开比脚的阵势。香莲她们在右边一排坐下来。桃儿站在香莲身后说：

"到现在还不见乔六爷来。小邬子给他送信时他说准来。六爷向例跟咱们那么铁，难道怕了不肯来？"

香莲听赛没听，脸色依然很冷很淡，沉一下才说：

"一切一切不过那么回事儿！"

桃儿觉得香莲心儿是块冰。她料也没料到。原以为香莲斗志很盛，心该赛火才是。

这时人群中一个戴帽翅、后脑勺垂一根辫子的小个子男人蹦起来说："天足会首领呢？脓啦？吓尿裤出不来啦！"跟着一阵哄笑，笑声才起，讲台一边小门忽开，走出几个天足会男子，进门就回头，好赛后边有嘛大人物出场。立时一群时髦女子登上台，乍看以为一片灯，再看原是一群人。为首一个标致漂亮精神透亮，脸儿白里透红，嘴唇红里透光，黑眼珠赛一对黑珍珠，看谁照谁。长发披肩，头顶宽檐银色软帽，帽檐插三根红鸟毛。一件连身金黄西洋短裙，裙子上缝两圈黄布做的玫瑰花。没领子露脖子，没袖子露胳膊，溜光脖子上一条金链儿，溜光腕子上一个金镯儿，镶满面洋钻石。短裙才到膝盖，下边光大腿，丝光袜子套赛没套，想它是光的就是光的，脚上一双大红高跟皮鞋，就好比蹬着两朵大火苗子，照得人人睁不开眼闭不上眼。许多人也是头次见到这位声势逼人的天足会会长。虽然这身洋打扮太离奇太邪乎太张狂太放肆太欺人，可她一股子冲劲兴劲鲜亮劲，把台下想起哄闹事的缠足派男男女女压住。没人出声，都傻子赛的拿眼珠子死死盯在牛俊英露在外边的脖子胳膊大腿上。天足派人见了禁不住咯咯呵呵笑起来。这边反过来又压住那边。

戈香莲一行全起身，行礼。惟有汪老太太觉得自己辈分高不该起来，坐着没动劲，可别人都站起来，挡住她，反看不见她。桃儿上前，把戈香莲等一一介绍给牛俊英。

戈香莲淡淡说：

"幸会，幸会。"

牛俊英小下巴向斜处一扬，倒赛个孩子，她眼瞧戈香莲，含着笑轻快地说：

"原来你就是保莲女士。文章常拜读。认识你很快乐。你真美！"

这话说得缠足派这边人好奇怪，不知这小娘儿们怀嘛鬼胎。天足派都听懂，觉得他们头头够气派又可爱，全露出笑脸。

戈香莲说：

"坐下来说可好？"

牛俊英手一摆，说句洋话："OK！"一扭屁股坐下来。

缠足派人见这女人如此放荡，都起火冒火发火撒火喷火，有的说气话有的开骂。月桂对坐在身边的月兰悄声儿说：

"我们学堂里也没这么俊的。瞅她多俊，你说呢？"

月兰使劲瞧着，一会儿觉得美，一会儿觉得怪，不好说，没说。

戈香莲对牛俊英发话：

"今儿赛脚，怎么赛都成，你说吧，我们奉陪！"

牛俊英听了一笑，嘴巴上小酒窝一闪，把右腿往左腿上一架，一只大红天足好赛伸到缠足派这边人的鼻尖前，惹得这派人台上台下一片惊呼，如同看见条大狗。

戈香莲并不惊慌，也把右腿架在左腿上，同时右手暗暗一拉裙子，裙边下一只三寸金莲没藏没掖整个亮出来。这小脚要圆有圆要方有方该窄就窄该尖就尖有边有角有直有弯又柔又韧又紧又润。缠足派不少人头次见戈香莲小脚，又是没遮没掩看个满眼，大饱了眼福。中间有人总疑惑她名实不符，拿出带勾带尖带刺最挑剔的眼，居然也挑不出半点毛病。再说这双银缎小鞋，层层绣花打底墙到鞋口一圈压一圈，葫芦万代，缠杖牡丹，富贵无边，锦浪祥云，万字不到头，没法再讲究了……为这双鞋，没把桃儿累吐血就认便宜。再配上湖蓝面绣花漆裤，打古到今，真把莲饰一门施展到尽头。这一亮相，鼓足缠足派士气，欢呼叫好声直撞屋顶，天窗都呼扇呼扇动。只有桃儿心里一抖，她猛然看出这鞋料绣线，除去蓝的就白的灰的银的，不是丧鞋？虽然这一切都是戈香莲点名要的，自己绣活时怎么就没品出来。这可不吉利！

牛俊英那边正眯眼咧嘴笑，露出一口齐齐小白牙，一对打着旋儿小酒窝。这一笑倒真是讨人喜欢。她对戈香莲说：

"你错了！"

"怎么？"

"你这叫赛鞋，不叫赛脚，赛脚得这样，你看——"

说着她居然一下把鞋脱下来，大红皮鞋"啪啪"扔在地上，又把丝光袜子赛揭层皮似的"嗞嗞"也脱下来扔一边，露出光腿光脚肉腿肉脚，缠足派大惊，这女子竟然肯光脚丫子给人瞧！有骂有叫有哄也有不错眼的看。居然得机会看一个陌生女子的光脚，良机千万不能错过。天足派的人却都啪啪起劲鼓掌助兴助阵，美得他们首领牛俊英摇脚腕子晃大脚，拿脚跟台下自己人打招呼。汪老太太猛地站起，脸刷白嘴唇也刷白，叫道："我头晕！我头晕！"晃晃悠悠站不住，桃儿马上叫人搀住汪老太太，一阵忙乎架出去，上轿回家。

香莲脸上没表情，心里咚咚响。这天足女子也叫她看怔看惊看呆看傻了。光溜溜腿，光溜溜脚丫子，皮肤赛绸缎，脚趾赛小鸟头，又光又润又嫩又灵，打脚面到脚心，打脚跟到脚尖，柔韧弯曲，一切天然，就赛花儿叶儿鱼儿鸟儿，该嘛样就嘛样，原本嘛样就嘛样，拿就拿出来看就看，可自己的脚怎么能亮？再说真亮出来一比，还不赛块烤山芋？

偏偏天足派有人叫起阵来：

"敢脱鞋光脚叫我们瞧瞧吗？包在里头，比嘛？"

"保莲女士，看你的啦！"

"你有脚没脚？"

"再不脱鞋就认输啦！"

愈闹愈凶。

多亏缠足派有个机灵鬼，拿话顶住对方：

"母鸡母鸭子才不穿鞋呢！伤风败俗，不以为耻，反以为荣，还不快把那皮篓子穿上！"

这一来，两边对骂起来。挨骂的都是两派的首领。戈香莲脸皮直抖，手尖冰凉脚尖麻。天足会那闺女牛俊英倒赛没事，哈哈乐，觉得好玩。索性打裙兜里掏出洋烟卷点着，叼在嘴上吸两口，忽然吐出一个个烟圈，颤颤悠悠往上滚，一圈大，一圈小，一圈急，一圈缓。这又小又急的烟圈，就打那又大又缓的烟圈中间稳稳当当穿过去。众人——不管缠足还是天足，都齐出一声"咦"，没人再闹再骂再出声，要看这闺女耍嘛花样，只见这小烟圈徐徐降落，居然正好套在她翘起的大脚指头上，静静停了不动。这手真叫人看对眼了。跟手见她大脚趾一抖，把烟圈扰了，散成白烟没了。烟圈奇，脚更灵。缠足派以为这是牛俊英亮功夫，明知自己一边没人有这功夫，全都闭嘴拿眼看。只见又一个烟圈落下来又套在脚指头上，再扰散再来，一个又一个，最后那大烟圈就稳稳降下不偏不斜刚好套在脚正中，她脚脖子一转，雪白天足带着烟圈绕个弯儿，脚心向上一扬，白烟散开，脚心正对着戈香莲。戈香莲一看这掌心正中地方，眼睛一亮，亮得吓人，跟着人往前头一栽"哐当"趴在地上。

一个小子嘴极快，跟手一嗓子：

"保莲女士吓昏了！"

一下子，缠足派兵败如山倒。天足派并没动手，小脚女人吓得杀鸡宰羊般往外跑，有的叫声比笛儿还尖，可跑也跑不动，你撞我我撞你，砸成一堆堆。等看出天足派人没上手，只站在一边看乐，才依着顺序打上边到下边一个个爬起来撒丫子逃走。

佟家人一团乱回到家，赶紧关大门，免不了有好事的闹事的爱惹事的跟到门前，拿砖头土块一通轰击。里外窗户全部砸得粉粉碎，复缠会也就垮了，而且是一垮到底彻底完蛋。转天大街上看不见一个小脚女人。到处可见大脚女人兴高采烈恨不得大鞋底子朝上走道儿。天下真是一边倒了。可是事儿静下来，再一寻思一琢磨，不免奇怪，谁也不明白，为嘛天足会那闺女脚丫子一扬，复缠会这样有身份有修行的首领，立时就完蛋呢？

第十六回　高士打道三十七号

隔着复缠会惨败后近一个月，一个瘦溜溜中国女子，打城里来到租界。她胳膊挎个小包袱，脚上一双大布鞋，走起来却赛裹脚的，肩膀晃屁股扭身子朝前探。看样子是头次来租界，眼珠子东瞧西瞧，那些圆尖斜歪里出外进参差不齐的洋楼洋房，还有洋马洋车洋灯洋伞洋旗洋狗洋人，还有洋人跟洋人嘀哩噜嘟的洋话，有点好奇还有点怕。正这会儿迎面来两个高大洋人，一个红胡子，一个黑胡子。一见她就怔住看她的脚，拿半生不熟的中国话问她："小脚吗？"四只蓝眼珠子一齐冒光。

这女子慌忙伸出大鞋给他俩看，表示自己不是小脚。两洋人连说"闹、闹、闹"，不知要闹嘛，还使劲摇头还耸肩还张嘴大笑。打这黑的红的胡子中间直能看到嗓子眼儿。吓得这女子连连后退，以为两洋人要欺侮她。不料两洋人对她说两声"拜拜"之类混话便笑呵呵走了。

这女子就分外小心，只要远远见洋人走来立时远远避开。见到中国人就上去打听道儿，幸好没费太大周折找到了高士打道三十七号门牌。隔着大铁栅栏门，又隔着大花园，是座阔气十足白色大洋楼。她叩两下门，里边应声跑出个大脚女用人，两只大脚板"啪啪"起劲拍着石板地。这大脚女人拉开门，问过她，又回去问过主人，领她穿过花气醉人的院子又走进一座亮堂堂大厅。只见满屋琳琅满目洋摆设，一般人见了非得见傻不可。这女子看赛没看瞧赛没瞧。一双眼好比打兔子的枪口，一下找到天足会会长牛俊英，瞄准。那牛俊英正懒懒躺在大软椅子上，不知人形随着椅形还是椅形随着人形。赛只大天鹅卧在水里波浪里。光溜溜脚丫子架在扶手上边，头上箍一道红亮缎带。一股子随随便便自由自在劲儿，倒也挺舒服挺松快挺美，不使劲不费劲不累。牛俊英见这女子进来，没起身，打头到脚看两遍，先盯着这女子没擦脂粉没有表情的脸儿看一会儿，又盯着这女子又松又瘪的大布鞋看一会儿，嘴边现出一对酒窝，笑道：

"你把小脚外边的大鞋脱去，到我这儿来，用不着非得大脚不可。"

这女子怔了怔，脱下鞋，一双奇小的小脚踏在地板上。牛俊英便说：

"我认得你，复缠会的，那天在马家口比脚，你就站在保莲女士身后，对吧？你找我做什么？替那个想死在裹脚布里的女人说和，还是来下帖子，再比？"

她眼里闪着挑逗的光。

"小姐这么说要折寿的，"没料到这女子依旧不动声色，话里边软中带硬，"我找你有要紧的事。"

"好——说吧！"牛俊英懒懒翻个身，两手托腮，两只光脚叠在一起直搓，调皮地说，"这倒有趣。难道复缠会还要给我裹脚？你看我这双大脚还能裹成你们保莲女士那样的吗？"说完把大脚趾和二脚趾拨得嗒嗒响。

"请小姐叫旁人出去！"这女子口气如下令。

牛俊英秀眉惊奇一扬，见复缠会的死党真有硬劲犟劲傲劲，心想要和这女子斗一斗，气气她。便笑了笑，叫用人出去，关上门，说：

"不怕我听，你就说。"

可是牛俊英料也没料到，这女子神情沉着异常，声调不高不低，竟然不紧不慢说出下边几句话：

"小姐，我是我们大少奶奶贴身丫头，叫桃儿。我来找你，事不关我，也不关我们大少奶奶了。却关着你！有话在先，我先问你十句话，你必答我。你不答，我扭身就走，将来小姐再找我，甭想我搭理你。你要有能耐逼死我，也就再没人告你了！"

这话好离奇好强硬，牛俊英不觉知，已然坐起身。她虽然对这女子的来意一无所知，却感到分明不是一般，但打这女子脸上任嘛看不出。她眨眨眼说：

"好。咱们真的对真的，实的对实的。"

这牛俊英倒是痛快脾气。桃儿点点头，便问：

"这好。我问你，牛凤章是你嘛人？"

"他……你问他做什么？你怎么认得他的？"

"咱们说好的，有问必答。"

"噢……他是我爹。"

这女子冷淡一笑——这才头次露出表情，偏偏更叫人猜不透。不等牛俊英开口，这女子又问：

"他当下在哪儿？小姐，你必得答我！"

"他……头年死在上海了。抓革命党时，在大街上叫军警的枪子儿错打在肚子里。"

"他死时，你可在场？"

"我守在旁边。"

"他给了你一件东西。是吧！"

牛俊英一惊，屁股踮得离开椅面：

"你怎么会知道？"

桃儿面不挂色，打布包里掏出个小锦盒。牛俊英一见这锦盒，眼珠子瞪成球儿，瞅着桃儿拿手指抠开盒上的象牙别子，打开盒盖，里边卧着半个虎符。牛俊英大叫：

"就是它！你——"

桃儿听到牛俊英这叫声，自己嘴唇止不住哆嗦起来，声音打着颤儿说：

"小姐把你那半个虎符拿来，合起来瞧瞧。合不上，我往下嘛也不能说。"

牛俊英急得来不及穿鞋，光脚跑到大钟前打开玻璃门，手扳着时针转三圈。忽然一阵叮叮当当吱吱嘎嘎响，里边一个暗门自个开了。她从中掏出一个一模一样小锦盒，取出的居然也是半个虎符。她交给桃儿两下一合正好合上，就赛一个虎打当中劈开两半。铜虎虎背嵌着纯银古篆，一半上是"与雁门太守"，一半上是"为虎符第一"。桃儿瞧着这严丝合缝合在一起的虎符，大泪珠子立时一个个掉下来，砸在玻璃茶几上，四处迸溅。

牛俊英说：

"我爹临死才交我这东西。他告我说，将来有人拿另一半虎符，能合上，就叫我听这人的。无论说什么我都得信。这人原来就是你！你说吧，骗我也信！"

"我干嘛骗你。莲心！"

"怎么——"牛俊英又是一惊，"你连我小名都知道？"

"干嘛不知道。我把屎把尿看你整整六年。"

"你到底是谁？"

"我是带你的小老妈。你小时候叫我'桃儿妈妈'。"

"你？那我爹认得你，为什么他从没提过你……"

"牛五爷哪是你爹。你爹姓佟，早死了，你是佟家人，你娘就是那天跟你比脚的戈香莲！"

"什么？"牛俊英大叫一声，声音好大，人打椅子直蹿起来。一时她觉得这事可怕到可怕之极，直怕得全身汗毛都乍起来。"真的？这不可能！我爹生前为嘛一个字儿没说过？"

"那牛五爷为嘛临死时告你，跟你合上虎符的人说嘛都让你信？你还说，骗你都信。可我为嘛骗你？我倒真想瞒着你，不说真的，怕你受不住呢！"

"你说、你说吧……"牛俊英的声音也哆嗦起来。

桃儿便把莲心怎么生、怎么长大、怎么丢，把香莲怎么进佟家门，怎么受气受欺受罪，又怎么掌家，一一说了。可一说起这些往事就沉不住气，冲动起来不免东岔西岔。事是真的，情是真的，用不着能说会道，牛俊英已是满面热泪，赛洗脸似地往下流……她说：

"可我怎么到牛家来的？"

"牛五爷上了二少爷和活受的贼船，就是他造假画坑死了你爷爷。你娘要报官，牛五爷来求你娘。你娘知道牛五爷人并不坏，就是贪心，给人使唤了。也就抓这把柄，给他一大笔钱，把你交给他，同时还交给他这半个虎符，预备着将来有查有对……"

"交他干嘛？你刚不说我是丢的吗？"

"哪是真丢。是你娘故意散的风，好叫你躲过裹脚那天！"

"什么？"这话惊得牛俊英第二次打椅子蹿起来，"为什么？她不是讲究裹脚的吗？干什么反不叫我裹？我不懂。"

"对这事，我一直也糊涂着……可是把你送到牛家，还是我抱去的。"

牛俊英不觉知叫道：

"我娘为什么不早来找我？"

"还是你爷爷出大殡那天，你娘叫牛五爷带你走了，怕待在城里早晚叫人知道。当时跟牛五爷说好无论带你到哪儿准来个信，可一走就再没音信，谁知牛五爷安什么心。这些年，你娘没断叫我打听你的下落。只知道你们在南边，南边那么大，谁都没去过，怎么找？你娘偷偷哭了何止几百泡。常常早晨起来枕头是湿的。哪知你在这儿，就这么近！"

"不，我爹死后，我才来的。我先前一直住在上海呀……可你们怎么认出我来的？"

"你右脚心有块记。那天你一扬脚，你娘就认出你来了！"

"她在哪儿？"牛俊英刷地站起来，带着股热乎乎火辣辣的劲儿说，"我去见她！"

可是桃儿摇头。

"不成？"牛俊英问。

"不……"桃儿还是摇头。

"她恨我？"

"不不，她……她不会再恨谁了。别人也别恨她就是了。"桃儿说到这儿，忽然平静下来。

"怎么？难道她……"牛俊英说，"我有点怕，怕她死了。"

"莲心，我要告诉你晚了，你也别怪我。你娘不叫我来找你。那天她认出你回去后，就把这半个虎符交给我，只说了一句：'事后再告她。'随后就昏在床上，给她吃不吃，给她喝不喝，给她灌药，她死闭着嘴，直到断气后我才知道，她这是想死……"

牛俊英整个呆住。她年轻，原以为自己单个一个，无牵无扯无勾无挂自由自在随心所欲，哪知道世上这么多事跟她相连，更不懂得这些事的原由根由。可才有的一切，转眼又没了，抓也抓不住。她只觉又空茫又痛苦又难过又委屈，一头扑在桃儿身上，叫声"桃儿妈妈"，抱头大哭，不住嘴叫着：

"是我害死我娘的！是我害死我娘的！要不赛脚她不会死。"

桃儿自己已经稳住了劲儿。说的话也就能稳住对方：

"你一直蒙在鼓里，哪能怪你。再说，她早就不打算活了，我知道。"

牛俊英这才静一静，扬起俊俏小脸儿，迷迷糊糊地问：

"你说，我娘她这是为嘛呢？她到底为嘛呀！"

桃儿说嘛？她拿手抹着莲心脸上的泪，没吭声。

人间事，有时有理，有时没理，有时有理又没理没理又有理。没理过一阵子没准变得有理，有理过一阵子又变得没理。有理没理说理争理在理讲理不讲理道理事理公理天理。有理走遍天下，没理寸步难行。事无定理，上天有理。公说公有理，婆说婆有理。别再绕了，愈绕愈糊涂。

佟家大门贴上"恕报不周",又办起丧事来。保莲女士的报丧帖子一撒,来吊唁的人一时挤不进门。一些不沾亲不带故的小脚女人都是不请自来,不顾自己爹妈高兴不高兴,披麻戴孝守在灵前,还哭天抹泪,小脚跺得地面噔噔噔噔响。天足会没人来,也没起哄看乐的,不论生前是好是歹,看死人乐,便是缺德。只是四七时候,小尊王五带一伙人,内里有张葫芦、孙斜眼、董七把和万能老李,都是混星子中死千一类人物,闹着非要看大少奶奶的仙足不可。说这回看不上,这辈子甭想再看这样好脚了,就要上灵堂去瞧。佟家人忙上去叫爹叫爷好说好劝,还给一人大大一包银子,请到厢房酒足饭饱方才了事。至此相安无事,只等入殓出殡下葬安坟。可入殓前一天,忽来一时髦女子,穿白衣披白纱足蹬雪白高跟皮鞋,脸色也刷白,活活一个白人,手捧一大束红郁金香花,打大门口,踩着铺地毡一步步缓缓走入灵堂,月桂眼尖,马上说:

"这是天足会的牛俊英!瞧她脚,她怎么会来呢?"

月兰说:

"黄鼠狼给鸡吊孝,准不安好心!"

桃儿拉拉她俩衣袖,叫她俩别出声。只见牛俊英把鲜花往灵床上一放,打日头在院子当中,直直站到日头落到西厢房后边,纹丝没动,眼神发空,不知想嘛。最后深深鞠四个躬,每个躬都鞠到膝盖一般深,才走。佟家人全副戒备候着她,以为她要闹灵堂,没料到这么轻而易举走掉,谁也不明白怎么档子事。活人中间,惟有桃儿心里明白,又未必全明白。她不吭声,只装作不认得这时髦女子。这一切也就算在她心里封上了,永远不会露出来。

此时,经棚里鼓乐奏得正欢。这次丧事,是月桂一手经办。照这时的规矩,不仅请了和尚、尼姑、道士、喇嘛四棚经,还要请来马家口洋乐队和教堂救世军乐队,一边袈裟僧袍,一边制服大檐帽,领口缝着"救世军"黄铜牌;一边笙管笛箫,一边铜鼓铜号,谁也不管谁,各吹各的,声音却混在一块儿。起初,白金宝反对这么办,可当时阔人办丧事没有洋乐队不显阔。这么干为嘛,无人知也无人问,兴嘛来嘛,就这么摆上了。

牛俊英打佟家出来时,脑袋发木腿发酸,听了整整一下午经乐洋乐,耳朵不赛自己的了,甚至不知自己是谁,姓牛还是姓佟。这当儿大门口,一群孩子穿开裆裤,踏着脚正唱歌:

救世军,
瞎胡闹,
乱敲鼓,
胡吹号。

边唱边跳,脑袋上摇晃着扎红线的朝天杵,裤裆里摇晃着太阳晒黑的小鸡儿。

一九八五年七月三十日　初稿　天津
一九八五年十月十四日　定稿　美国爱荷华

作者按:

本小说为组合小说《怪世奇谈》第二部。

(原刊于《收获》1986 年第 3 期)